Gênesis 3:19

Catalogação na Fonte
Elaborado por: Dayanne Leal Souza
Bibliotecária CRB 9/2162

L864g
2024

Lopes, Cacau
Gênesis 3:19 / Cacau Lopes. - 1. ed. - Curitiba: Appris, 2024.
224 p. ; 23 cm.

ISBN 978-65-250-7224-1

1. Narrativas populares. 2. Memórias. 3. Saudade. 4. Erótica. 5. Cultura brasileira. I. Lopes, Cacau. II. Título.

CDD - 863

Appris editora

Editora e Livraria Appris Ltda.
Av. Manoel Ribas, 2265 – Mercês
Curitiba/PR – CEP: 80810-002
Tel. (41) 3156 - 4731
www.editoraappris.com.br

Printed in Brazil
Impresso no Brasil

CACAU LOPES

Gênesis 3:19

CURITIBA, PR
2024

FICHA TÉCNICA

EDITORIAL	Augusto V. de A. Coelho Sara C. de Andrade Coelho
COMITÊ EDITORIAL	Marli Caetano Andréa Barbosa Gouveia (UFPR) Edmeire C. Pereira (UFPR) Iraneide da Silva (UFC) Jacques de Lima Ferreira (UP)
SUPERVISORA EDITORIAL	Renata C. Lopes
PRODUÇÃO EDITORIAL	Sabrina Costa
REVISÃO	Katine Walmrath
DIAGRAMAÇÃO	Amélia Lopes
CAPA	Mariana Araújo de Brito
REVISÃO DE PROVA	Bruna Santos

Ao seu Almeida e à dona Eine,
ambos vivos em minha memória.

SUMÁRIO

Não escrevo a ninguém.
Escrevo antes a mim mesmo.
Escrevo para espantar as sombras que gritam,
dando gargalhadas no andar de cima do meu sobrado.

(Razão – Cacau Lopes)

Crepúsculo

Dezessete de maio de 2018.
Outra noite revirada em claro.
Nenhum pensamento que prestasse
Atravessou minha cabeça.
Apenas o ruído pausado
Do movimento lá fora
A romper o incômodo silêncio.

Os movimentos do meu corpo estão lerdos.

Cada segundo leva uma eternidade.

Cada minuto equivale ao percurso de uma cidade grande.

Na idade em que me acho, os ônibus são de graça e as distâncias a percorrer mais longas.

Desanimo só de pensar em subir as escadarias da Basílica Menor de Nossa Senhora Aparecida.

Parecem nunca chegar ao fim.

Pensei que as rezas abreviassem o caminho.

— Que nada!

Ao contrário, como velas no calvário, minha vida vai se queimando, vagarosamente, sem que eu faça conta do quanto ainda resta de mim.

Os movimentos do meu corpo estão mais presos.

Devido ao clima gelado — nessa época incomum — não consigo juntar as juntas num movimento único, rítmico, vertical.

Meu corpo já não me leva a lugar algum.

As únicas coisas que sobraram para suportar o tempo são minhas histórias de pescador de quimeras.

Em virtude da memória fraca, só consigo lembrar umas poucas.

As filhas e os netos se revezam na lembrança de outras.

Generosos, sempre exageram as façanhas, minimizam as derrotas.

Para não os contrariar perante os amigos, confirmo com a cabeça.

— Como são incertas as esperas!

São como rochas despregadas das encostas que, ao caírem, uma a uma, arrastam árvores, desabrigam camas, soterram malas, devoram nomes e somem desencandecidas noite adentro.

Nesse momento, de um adeus comprido, só lamento os fogos não acendidos e as madeiras que deixei pelo caminho.

— Sinto frio!

A lareira está apagada por falta de lenha.

Os meus pés tremem, apesar das meias grossas e do cobertor que me enrola na cadeira.

Meus pensamentos não querem atravessar a rua.

Desejo chegar até a prateleira da cozinha e apanhar umas bolachas salgadas.

Gosto de comê-las untadas com uma fina camada de mel, ou, então, laminadas com manteiga amolecida.

— Odeio margarina!

Um barco de lua navega pela imensidão da noite.

Como uma foice, segue cortando as rabiolas piscantes das estrelas.

A madrugada promete chuva.

Pelo vão do vitrô, é possível ver nuvens escuras rondando a cidade.

Caem sobre os edifícios como embrulhos de papel.

A essa altura, não há como distinguir a terra e o céu.

Tudo é chumbo na cor e no peso.

A solidão se põe ao meu lado e se estende do chão até o teto do cômodo em que me encontro.

— Ai! Como dói levantar dessa poltrona!

Em respeito às minhas vértebras, desisto das bolachas, do mel e da manteiga.

Minha vida foi e tem sido uma constante desistência.

— Deixei de acreditar em Deus, no diabo, no comunismo.

Enquanto consumo os derradeiros instantes da presença do meu corpo entre os objetos largados pela sala — sofá, tapetes, abajur chinês, imagens de São Francisco de Assis, fotografias, pratos de porcelanas pendurados nas paredes, bebidas que nem foram abertas, revistas mundanas antigas —, conto as inúmeras renúncias que fiz.

Todas não tão fundamentais como aquelas que se prendem à fé, ideologias, valores morais.

Entretanto, são esses abandonos corriqueiros, miúdos, que me doem mais.

O que é pior:

— Não há como recuperá-los com o passar dos anos.

Mesmo que voltasse, agora, aos pontos marcados nos neurônios da minha memória, com toda certeza, as sensações esquecidas, que ficaram lá fora, não regressariam iguais.

Seria como sentar à mesa com um amigo de juventude que há muito se encontrava distante.

Ao vê-lo calvo, com uma protuberância abdominal e uma sonda vesical solta no vão da calça, um silêncio meio sem jeito tomaria conta da atmosfera do encontro.

Levaria um bom tempo para que a naturalidade das palavras tornasse a compor o conteúdo do diálogo.

Tudo que adiamos por qualquer razão — para o momento, não tem importância alguma enumerá-las — podemos dar como perdido.

— Definitivamente.

O latido do cão de rua e a cor agressiva do sol entrando pela porta da sala sem cortinas me despertam.

Minhas pálpebras pesadas resistem a descobrir meus olhos.

Uma pontada nas costas me faz pensar que adormeci mais uma vez no sofá.

Essa mania, tão prejudicial à coluna, peguei desde muito cedo.

Levanto aos poucos, por etapas.

— Tenho medo!

Tento lembrar o que sonhei.

As cenas aparecem desencontradas.

Penso que rodopiou pela cabeça um balaio de pressentimentos desconexos na fase de sonolência, quando a alma ainda não havia se recolhido para dentro do corpo.

— Coisas que podem acontecer um dia.

Lavo a cara.

Tomo um gole de água gelada direto do gargalo da garrafa.

Atravesso a rua.

Nenhuma nuvem se apresenta para manchar o céu de Matisse.

Vou até a padaria da esquina, peço um pão com manteiga sem miolo e café puro no copo americano.

O pão acabou de sair do forno.

Começo a mordê-lo pelo bico, mastigando cada casquinha que reveste seu corpo.

A manteiga, derretida pelo calor do pão, escorre pelos dedos e pelos cantos da boca.

Hesito antes de passar o guardanapo.

Um senhor, cujas rugas não denunciam a idade, se aproxima.

Leva dois pães, um litro de leite, agradece.

Estou certo de que o reconheço de algum lugar.

Ao partir, passa por mim satisfeito de si mesmo:

— Bom dia!

Respondo:

— Bom dia!

Insônia

Gritou em minha direção que não aturava ocasiões natalinas, passagens de ano, essas coisas.

Tais datas lhe causavam maior depressão do que os dias de TPM.

Não suportava a lembrança do peru estendido sobre a mesa, formando um triângulo silencioso com seu sogro e sogra, um ao lado do outro.

Era muita tortura recordar as horas paralíticas de um casamento que, à semelhança do galináceo doméstico, já havia morrido na véspera.

— E não foi uma vez apenas. Foram 77, 78, 79, 80 vezes, ou mais.

Isso somente para registrar os últimos quatro anos em que arrastei nossas alianças, sacos de ressentimentos e meu corpo frio rente ao assoalho do nosso quarto.

— Continuava esgoelando.

Com esses argumentos, tentou me convencer do porquê de não ter ligado na hora anterior, tampouco na data em que os eventos aconteciam.

Esses: a celebração da natividade do menino Jesus e a comemoração do dia em que quase tudo começa de novo.

Pelo tamanho da sua boca, mordendo cada palavra em câmera lenta, achei melhor aceitar sem discutir.

Era muito barulho para pouco motivo.

Afinal, só queria me consolar por ela não haver me endereçado um torpedo de Feliz Natal.

Esperei...

— Próspero Ano Novo!

Também não compareceu no meu aparelho.

Confesso que tal menosprezo me deixou um tanto quanto desolado.

Fato agravado pela razão de que trinta e três pessoas, por intermédio de vários meios, me endereçaram mensagens oportunas no decorrer das festividades daquele ano.

— Saúde!

— Felicidades!

— Muita Paz e Harmonia!

— Que todos seus sonhos se realizem!

Farturas de saudações do gênero ou parecidas.

Algumas bem familiares, amigas, próximas e outras que desconheço, cujos remetentes eram vereadores, deputados, futuros candidatos, gerentes de banco, vendedores de seguros de vida, de carro, incêndios, contra roubos, calamidades da natureza, diretores de ONGs, o síndico do condomínio no qual já não moro mais, presidentes de clubes que há tempos me desassociei, lojas com clientes especiais, operadoras de telefonia celular, clínicas médicas, colecionadores de arquivos de e-mails, membros da executiva do partido que já não milito, provedores de internet, administradoras de cartões de crédito, fornecedores, lojas de pets, rotarianos, pastores de igrejas Renascer em Cristo, e por aí segue a extensa lista.

Uma diversidade de gente que nem imagino de onde aparece e em que fonte busca tanta inspiração.

Apesar de ter aceitado suas explicações e de não querer prolongar a discussão, fiquei ainda por muito tempo enrolado na decepção.

Como estava cansado, com sono, prometi ao meu desapontamento retomar o assunto numa outra circunstância.

Os estrondos dos fogos de artifícios e suas cores, relampeando na janela do aposento, incomodavam meus olhos e orelhas.

Tentei tapar o rosto com dois travesseiros altos e antialérgicos, indicados para amenizar uma dispneia noturna.

Não deu resultado.

A medida nem curou a falta de ar, como também não logrou o objetivo ansiado.

Aquela seria mais uma noite de insônia: a da minha derradeira desilusão com Fernanda.

O Quarto

Dois de janeiro.

Outra madrugada revirada em claro.

Nenhum pensamento que prestasse entrou ou saiu pela porta dos fundos da minha residência. Apenas o bruuummm-bruuummm dos carros, o trincolejar dos pássaros e o toc-toc dos brancos sapatos na calçada indicavam a ocasião de mais um dia.

— Se ao menos estivesse num quarto de hotel barato...

Poderia dizer que estranhei a dureza do colchão, o mofo nas paredes, a ausência do ar-condicionado.

Todavia, estou em casa, na minha cama larga e ortopédica, tentando perder a saudade de um amor que nunca chegou à sua primavera:

— Ficou encolhido para sempre desde o último dezembro em que trocamos sentimentos congelados.

Cuba ou Bloody Mary?

Os sonhos
capazes
de fazer
viver
são aqueles
que se afastam
cada vez mais
da momentânea
realidade.

Conheci Fernanda em um aniversário de cinquenta anos.

Fui incluído na lista, embora ignorasse quem seria o soprador das velas.

Não me recordo bem a data.

Tenho a leve impressão de que se cumpria dezembro.

A cidade estava diferente.

Árvores artificiais brotavam em quase todos os cruzamentos movimentados.

Pacotes e sacolas resvalavam-se nas calçadas entremeio às pernas, muito além dos dias normais.

Chuva e sol revezavam a cadência meteorológica.

Uma onda de ar quente, visguento, vinda do Equador, transpirava em cima da multidão, criando uma atmosfera lubrificante.

Quarenta e dois graus à sombra.

Temperatura de trincar ossos, amolecer miolos, derreter geleiras e empurrar corações na direção de lascivas experiências.

Os Bee Gees garantiam o sucesso da trilha sonora.

O álbum *Saturday Night Fever* recolocava Barry Gibb, os gemelares Robin e Maurice no centro dos frenéticos globos piscantes, dos feixes de canhões azulados, dos focos de luz negra, criando um clima de intimidades comedidas, neófitas.

Tinha ido buscar a quinta cuba libre.

Os donos da festa ergueram um terraço, protegendo a sala do quintal, onde dois rapazes caribenhos (pero no mucho) exibiam suas destrezas com vidrarias acrobáticas e artes de mixar coquetéis sem deixá-los enjoativos ou amargados desmedidamente.

A maioria dos presentes se aglomerava sob o avarandado, enquanto cobrava seus drinks.

Alguns, mais animados, não paravam de dançar.

Desse jeito estava Fernanda (não sabia ainda seu nome).

O que chamou a minha atenção foi o pedido feito ao barman:

— Uma Beluga! Pura!

Não dando interregno às suas variações em coquetelaria, o bartender fez escorrer da altura de uns noventa centímetros, aproximadamente, um fio de líquido cristalino e viscoso, ligando, inteiriço, a garrafa congelada ao pequeno cálice posto sobre o balcão.

Completou o volume até a boca não derramando uma gota sequer.

Para meu espanto, a moça sorveu aquele creme licoroso num trago único, solitário.

No gole, não franziu a testa, pálpebras, o rosto, nada.

— Mais uma, por favor!

Antes que a cena se repetisse, deixei de lado minha introspecção, me aproximei:

— Desculpe minha curiosidade. Que bebida é essa que acabou de evaporar do seu copo?

— Vodca!

Após três segundos de pausa, completou:

— Soviética!

Ainda que tenha respondido secamente, notei que a última exclamação carregava certo sentimento, nostalgia, talvez.

Mesmo correndo risco de inconveniência, considerei que poderia prolongar o assunto.

— Qual a marca?

— Beluga!

— Jamais ouvi falar.

— Zhiznennia Voda! Água da vida! Nasdorevye! Saúde!

Os brindes vindos ao meu sentido soavam harmoniosos, na exata modulação, a meio-termo dos graves e agudos, cada fonema interpretado soletradamente.

Mais uma taleigada e o ar ocupou totalmente o recipiente.

Nenhum músculo facial se contraiu, apenas o leve toque entre os seus lábios carnudos.

Em um estalo, a completa satisfação.

Aguardei passar aquele instante de prazer egoísta...

— Rótulo novo?

— Clássica! Quarenta graus de teor alcoólico! Não está disponível em qualquer prateleira de importados.

— Meu conhecimento se resume à Smirnoff.

Retruquei.

— Já tomou?

Interrogou-me em um assombro.

— Não! Nunca tive a curiosidade de provar. Na caipirinha que faço soco sempre açúcar, limão e cachaça.

Em seguida a um estreito intervalo, arrematei:

— Mineira!

— Você se salvou!

Não captando o alcance daquela afirmação, avizinhei meu corpo mais um pouco.

Forçando uma expressão de alívio, assuntei:

— Por quê?

Permanecia a dúvida se não estava insistindo, atrapalhando seu desejo de continuar circulando entre os convidados.

A ansiedade somente suavizou quando ela deitou o cotovelo no mármore úmido da bancada, antecipando-se ao gesto de acender um cigarro.

— Incomoda?

— Nenhum pouco!

Respondi apressadamente.

— Fuma?

Já expondo um filtro em minha direção.

— Não! Uma asma desde a infância me proíbe tal deleite.

Impulsionado pela indisposição com a fumaça e o cheiro, por pouco não declinei a palavra vício.

Caso a tivesse usado, e não o vocábulo mais pertinente, tenho certeza — hoje, vendo as coisas de longe, conhecendo melhor Fernanda — de que nossa apresentação de estreia não evoluiria nem mais um centímetro. Ainda bem que minha atração pelo desconhecido, sua beleza moura e a grande curiosidade devotada por mim aos destilados fecharam a tramela do meu inconsciente.

Foi a precaução do superego que possibilitou a continuidade da conversa.

Ela quem estava com a palavra:

— Depois da capitulação de Gorbachev e Boris Yeltsin, a produção e a venda das vodcas se transformaram numa roleta-russa. Foram entregues à mão invisível do mercado. Gente que sem o menor escrúpulo mistura fabricação e o comércio de bebidas com gás, petróleo, carros, bancos, metais preciosos, televisão, jornais, drogas e até jogadores de futebol.

— Como assim?

Ignorava totalmente o assunto que ela estava falando.

— Grupos ocuparam o centro do Comitê e como os sete boiardos influenciam com braço de ferro a política pós-Perestroika. Aproveitam do estado de embriaguez do atual presidente para impor seus interesses. Máfia! Mercenários! Não dá para confiar no que eles oferecem. Ainda mais se o produto exigir ser consumido ingerido.

Boquiaberto com a explanação, ponderei sem querer provocar radicalizações:

— E o rígido controle sanitário das autoridades russas?

Mantendo a mesma postura firme e dócil, prosseguiu nos seus argumentos não aparentando nenhuma reação mais ríspida.

— Sofreu um relaxamento com a Glasnost.

— Glas o quê?

Fernanda riu da minha ignorância.

Pacientemente permaneceu na explicação.

— No passado, a vodca era considerada um espírito da batata. Nas tradicionais, só o álcool extraído daí entrava na composição. Hoje, não é mais assim, usam de tudo: milho, trigo, centeio, cevada, outros cereais menos nobres, detergentes e várias impurezas. A Absolut, por exemplo, de origem sueca, lançou o tipo Kurant, aromatizada com groselha. Aperitivo de patricinha!

A fim de não revelar minha completa ignorância, me afastei dos temas mais obscuros relacionados aos países da antiga cortina de ferro.

Como curioso em mixagens de drinks, segui no meu revelado interesse.

Quanto à segunda intenção, cuidava para que meu olhar, pés e mãos, língua, sons intestinais, meu Id, pelos e zíper não a entregasse afoitamente.

— O que me diz das polonesas? São ótimas, não?

Demonstrando uma repulsa preocupante, instigou:

— Antes ou depois dos pelegos?

— Não entendi!

Exclamei assustado.

— Você está querendo minha opinião da época em que a fabricação das polacas seguia as prescrições do Bloco, ou como ficaram após a traição do Solidarnosc?

— Desculpe minha indiscrição. Não pretendia envolver questões políticas no meio da nossa conversa.

— Fique tranquilo! Nenhum problema! Impossível separar um assunto do outro. A política está presente em tudo. Nada se faz por acaso. Foi preciso uma revolução comunista para que a produção e o consumo de vodca voltassem a ser socializados na União Soviética.

Após a frase nada acontece por acaso, relaxei novamente, curtindo quieto uma pequena esperança de que minha segunda intenção pudesse rolar sem muitas angústias.

Não fosse o chamado de alguém, meus dedos teriam se adiantado, precipitando-se num gesto de afeto.

Foi assim que descobri seu nome:

— Fernanda!

A solicitação vinda de dentro da sala fez com que ela se ausentasse, pedindo licença.

Não sei se pela distração, ou pelo desejo de ficar, alisou de passagem meu braço sem se despedir.

Aquele toque me deixou imobilizado, segurando desesperadamente a vontade fisiológica de correr até o banheiro.

— Se eu sair e ela voltar?

A dúvida consumia cada segundo da espera.

Decidi a favor da inércia.

Estático, aguentei minutos como horas, até o rum se diluir completamente no gosto ralo da Coca *light*, certo de que não voltaria.

Minha cabeça rodopiava como pipa desgovernada.

Meus óculos, embaçados pela fumaça de gelo seco expelida de um compressor, teimavam em duplicar perfis.

— Ainda aqui?

Encabulado, disfarcei meu contentamento.

— Estou como um peixe fora d'água. Tirando o Zé Augusto, ninguém mais me é familiar.

— Você veio com o Guto! De onde o conhece?

— Do nosso racha. Aparece lá vez ou outra, quando não está entretido nas atividades do partido.

— Grande cara!

— É mesmo!

Concordei.

Ajeitando o decote atrevido, a fim de realçar o sulco estreito e profundo que dividia os relevos de seus seios naturais, retomou a conversa.

Antes que terminasse a primeira frase, querendo demonstrar meu desprendimento, ponderei:

— Deixa pra lá. Você deve estar muito atarefada com tanta gente reclamando sua atenção.

— Que nada! Apenas fui me despedir de uns amigos do Vladimir.

Não querendo competir com ninguém na conquista da minha segunda intenção, ignorei o Vlad e contornei minha indisfarçada animação.

— Voltando à velha conhecida Smirnoff, por que me salvei?

Acomodada no banquinho, mais descontraída, rebojando minha bebida com seu indicador, me fez aguardar mais um pouco e retornou ao ponto exato em que havíamos parado.

— A conexão formada pelo governo americano, o Vaticano, a Academia Real de Ciências da Suécia e o Comitê Norueguês foi a grande responsável pela queda de qualidade das vodcas polonesas.

Que coisa mais complicada: pensei, sem interromper o fluxo de suas ideias.

— A anunciação do cardeal Karol Wojtyla como papa João Paulo II, a ascensão de Lech Walesa como líder do Solidariedade, seu movimento grevista e sua escolha para o Nobel da Paz iniciaram a explosão do Pacto de Varsóvia, retirando o controle dos sovietes. Daí em diante, foi a degringolada geral. Os Estados Unidos, a Suécia, Itália e a Noruega tinham interesses no negócio.

Deu uma pausa e, após pedir mais uma dose, prosseguiu.

— Para satisfazer o paladar do Ocidente capitalista, a Wyborowa diminuiu sua graduação, a Zubrówa se transformou numa Flavored Vodca, na Starka se adicionou vinho doce malaguenho, a Krakus foi suavizada e na Jarsebiar se acrescentou aromas de romã. A produção foi globalizada. Inglaterra, Espanha, Coreia, Japão, todo mundo se meteu a destilar. Até o Paraguai se credenciou. É aí que mora o perigo da sua Smirnoff! O que tem de vodca cantando *Recuerdos de Ypacaraí*!

Querendo explorar seus conhecimentos e prolongar sua presença o máximo possível, questionei:

— Como separar as mentirosas das verdadeiras?

— Na maioria das vezes, só no dia seguinte. Para não correr riscos, é melhor verificar a procedência. Ainda mais depois que a Smirnoff, criada em 1820 por uma família de Moscovo, teve seus direitos de produção comprados pela Hublein americana.

— Acreditava que somente os whiskys pudessem ser falsificados.

— Assim fosse! Nas rodas, boates, festas de formatura, bares, recepções da burguesia a chance de ser tragado por uma mexida é enorme. Por isso me garanto com as soviéticas, as legítimas, que não se encontram no mercado brasileiro. Retiro da lista a Stolichnaya. Achar uma dessa virgem é raro. A maioria já cometeu adultério. Vou atrás da Russian, Beluga, Mamont, Moscovskaya e Imperia.

— Quem garante o abastecimento?

Antes que respondesse, adiantei minha compreensão.

— Fique à vontade caso não queira revelar.

— Tudo bem! Na época dos militares era segredo de Estado. Hoje, com a distensão gradual e restrita, já posso lhe ensinar os caminhos das pedras.

O que eu queria mesmo, naquele momento, era achar o atalho para chegar à sua boca.

Segurei firme.

Permaneci atento às explicações.

— Nos anos de chumbo, um camarada, que conheci na Universidade Moscovita de Economia, foi nomeado pelo Partido Comunista Soviético inspetor responsável pela supervisão das destilarias de vodca. Esse cargo facilitava a reposição do estoque. De tempos em tempos, fazia chegar até mim algumas caixas do precioso líquido, via Cuba, Venezuela ou Bolívia. Essas rotas alternativas serviam para despistar a fiscalização das fronteiras. Agora, está menos complicado. Com a abertura, indicamos companheiros para a Alfândega do Galeão e de Guarulhos. As garrafas atravessam sem serem aborrecidas, legalizadas. Tudo conforme os acordos de Livre Comércio do MERCOSUL.

Enquanto decidia ou não a introdução de um assunto mais intimista, outro chamado foi ouvido de perto.

Dessa vez, era o Zé Augusto me arrastando para ir embora.

Passava das quatro da madrugada, sem que percebesse que nós éramos os últimos remanescentes, os quatro: eu, Fernanda, meu caroneiro e o Vladimir.

Não querendo sair como mal-agradecido, dei os parabéns e votos de muitos anos de vida ao aniversariante.

Simulando camaradagem, tentei cavar algumas brincadeiras marotas:

— Também aprecia as russas?

Topando minha irreverência, retrucou:

— Não! Essas eu as deixo para Fernanda. As cubanas são minhas preferidas.

Insistindo na petulância, soltei mais um pouco a corda:

— Quais? As morenas ou as negras?

Rápido no gatilho, Vladimir, Vlad, Mimi — não sabia como denominá-lo — engatou esta:

— Nenhuma das duas. Fico com a prata ou com a ruiva. De preferência, a segunda. Ainda mais quando o rum vem engarrafado feito gênio inviolável dentro da botelha de um Havana. Não tem coisa melhor! Só descarto os falsos e aqueles diluídos em 400 ml de Coca-Cola. Cubano americanizado é uma merda!

Devido ao adiantado da hora, e vendo que não teria a menor chance com o Vla, me dirigi até o carro, enquanto aguardava meu parceiro de carona.

Zé Augusto permaneceu mais um pouco, confabulando com o casal.

Sentindo que era confidencial, desejei boa noite e antecipei a retirada.

Fernanda acompanhou meu adeus até o instante em que a fraca iluminação da calçada não mais me permitiu distinguir sua silhueta.

Zéfiro encontra Marx

Os sonhos
que podem
ser realizados
carregam
o caminho
mais curto
para se alcançar
a imediata
desilusão.

A casa se localizava em um condomínio onde todos mantinham sua segurança com guardas, cercas elétricas, viaturas, interfones, sistemas de câmaras, rádios, alarmes, Pit Bull e outros cães de raça que só reconhecem seus donos.

Uma verdadeira fortaleza de Brest.

Mesmo assim, na rua, sozinho, àquela hora, achei melhor me precaver.

Acionei a trava e deitei o banco.

O insulfilme me tornava invisível pelo lado de fora.

Relaxei um pouco.

Quando Zé Augusto bateu no vidro, já estava cochilando.

Despertei alvoroçado, cismando um assalto.

Respirei com alívio quando me chamou pelo nome.

No transcurso do caminho, foi abrindo aos poucos as razões da demora.

— Você acabou de ser aprovado!

Zé era de poucas palavras.

Cauteloso, gostava de atuar nos bastidores.

Para saber maiores detalhes, me declarei surpreso com aquela inesperada revelação.

— Como assim aprovado? Não estou renovando minha carteira de motorista, não fiz teste de paternidade, não pretendo abrir franquia da Universal, não quero tirar outro diploma e nem participei da última peneira do Flamengo.

— Deixa de gozação, rapaz, falo sério, o Comitê ratificou seu nome.

— Pelo que eu saiba, estou limpo na praça, pago minhas prestações em dia e tenho firma reconhecida.

Incomodado com as brincadeiras e comentários desentendidos, Augusto decidiu alongar suas explicações.

Reservado, solicitou sigilo e, caso não aceitasse a convocação, que apagasse tudo o que iria me dizer dali para a frente.

— Há muito tempo venho sondando sua postura, ideias e posicionamentos. Fui escalado para acompanhar seus passos, investigar com quem anda, onde trabalha e em que bairro mora.

Assustado com termos de fitas de espionagem, estacionei próximo a uma praça.

Antes que continuasse, exigi explicações.

— Alto lá, Zé! Sempre o considerei amigo de confiança, mesmo estranhando um pouco seu jeito bizarro. Que história é essa de ficar grampeando minha vida?

Com o mesmo ar de importância, solicitou que eu religasse o carro, cumprisse o itinerário combinado, comprometendo-se a esclarecer cada detalhe, até a chegada ao seu apartamento.

Como a distância era longa, me preparei para ouvi-lo.

Introduziu sua exposição de motivos esclarecendo que não era nenhum desses agentes russos que sempre se unem aos megavilões, terroristas internacionais e psicopatas do mal nos filmes do 007.

Muito menos, sabendo dos meus conhecimentos em química — tinha cursado os dois primeiros anos da faculdade, antes de ingressar na medicina —, iria me sequestrar para que colaborasse na invenção de uma bomba atômica capaz de apagar do mapa os EUA e seus aliados.

Minha incumbência, decidida pela Direção, seria outra, pacífica.

De acordo com as análises de conjuntura feitas pelo Comitê, o país estava atravessando um dos períodos mais fecundos da sua história.

O retorno dos anistiados, o ressurgimento das greves no ABC paulista, a opção da Igreja pelos pobres, as manifestações das donas de casa contra a carestia, o afrouxamento, embora brando, dos militares e outras situações menos visíveis apontavam para — de acordo com o linguajar bosquejado do saudoso Mané — o "reaquecimento das forças vivas da sociedade".

A união de intelectuais, trabalhadores, estudantes, aproveitando esse caldo favorável, seria capaz, segundo ele, de conduzir o povo ao poder através de uma revolução desarmada, incruenta.

No sentido mais explicado e simples de lá de Sud Mennucci:

— "O cavalo tava passano arriado."

Minha tarefa na grandiosa missão de transformar o Brasil seria a de me infiltrar na chapa, que estava concorrendo ao Centro Acadêmico da UnB, para, a partir daí, ganhar as bases por dentro.

Naquele momento, em virtude de a classe trabalhadora e os estudantes ainda não conseguirem diferenciar a consciência em si da consciência para si, qualquer ação precipitada poderia causar dispersão.

— Buscar o confronto logo de cara não é uma boa alternativa.

Asseverou o Zé.

A tática seria a de galgar posições e, somente depois, com todas as peças bem distribuídas, com a estrutura na mão, decretar o xeque-mate.

— Se a estratégia não for bem dirigida, a massa se esfarela, não cresce, não atinge o ponto desejado, tudo se perde. Você será como um fermento no meio do movimento estudantil!

Embaralhado com tantas informações, ponderei que não era a melhor opção para aquela responsabilidade de tamanha envergadura.

Zé Augusto insistiu que minha inexperiência não era problema. Com o tempo, iria aprender como me situar, participar das assembleias, organizar greves e fazer piquetes.

Ele seria o tutor do meu noviciado.

Confirmado o crédito em mim depositado pelo Comitê, passaria a frequentar as reuniões com direito a voz e voto.

Como estávamos parados, conversando há mais de duas horas defronte ao seu destino, me deu um tempo, pedindo urgência, uma vez que as eleições iriam ocorrer nos próximos dias.

Não sei se tirando um sarro, fez uma última solicitação:

— Jamais misture rum cubano com Coca ou Pepsi na companhia de Vladimir. Na dúvida, peça uma cerveja.

Começava ali minha primeira noite de insônia.

Não pelas razões políticas, mas pela causa real, aquela que mais me interessava no momento:

— Fernanda.

Ao desembarcar em casa moído, com os tímpanos zunindo, com os cabelos fedendo a nicotina, não conseguindo escalar as escadas até o conforto da minha cama, me entreguei ao sofá.

Enquanto o teto, o ventilador desligado, o chão, o lustre, todas as mobílias da sala giravam como uma London Eye desgovernada, sua imagem não desgrudava das recordações visuais, olfativas, táteis que impregnavam a memória recente do meu corpo.

Tudo aquilo — o zumbido, a cabeça rodando, estômago rolando, os fluxos e refluxos — me deixava ligado, sem que nada — dedo na garganta, ENGOV, Sal de Fruta ENO, Sonrisal, mudança de posição, troca de almofadas — aliviasse o mal-estar, o impacto de ter sido jogado fora da roda-gigante do último andar.

Nos raros momentos de refresco, a vontade de tê-la, ali, alimentava desejos e fantasias zefirianas, iguais às que experimentava folheando gibis de catecismo na puberdade.

Sua pele adolescentemente tesa, mesclando sumos com meus poros arrepiados. Seus peitos intumescidos, preenchendo todo o volume de minhas mãos. Pelos e lábios, derramando caldos sobre as superfícies. Boca, nuca, coxas, contrações. Saliências, reentrâncias, gemidos, sensações...

De repente, a ressaca de novo...

Mais um desafogo, Fernanda ressurge...

Assim, sucessivamente.

Uma vontade agora, uma bile depois...

O dia amanheceu no limiar exato, entre o sonho e o pesadelo, sem que a escuridão tomasse conta do meu espírito desencarnado.

Era domingo.

Minha participação no racha tinha sido bisonha.

Tropecei na bola, caí, peguei na orelha da gorduchinha na marca do pênalti e fui expulso.

Nada deu certo, meu time levou de 5 a 2.

Gozação geral.

Voltei para casa logo após o banho.

Não tomei cerveja, não participei do truco, da roda de samba, nem fiquei jogando conversa fora com a turma.

Aquele fim de semana desastroso futebolisticamente marcou a virada política na minha vida.

A atração por Fernanda que, naquela ocasião, ocupava quase todos os meus sentimentos, passou a reger meus passos.

Por essa razão, não por outra, resolvi ligar para o Zé Augusto e aceitar sua convocação.

Desse jeito, me politizando, fazendo parte do grupo, poderia voltar a vê-la e, quem sabe, realizar a tão desejada segunda intenção.

Ao final da tarde, o Zé veio me visitar.

Sem perda de tempo, deu as primeiras coordenadas.

Passou uma lista de livros para eu ler: *O Manifesto do Partido Comunista*, *A Situação da Classe Trabalhadora na Inglaterra*, *O Livro I de O Capital*, *Ideologia Alemã*, *Contribuição à Crítica da Economia Política*, *Trabalho, Salário e Lucro*, *As Lições da Revolução*, *O Oportunismo da II Internacional*, *Teses de Abril*, *O Estado e a Revolução*, entre outros clássicos do marxismo-leninismo.

Alienado completo, me via agora atarefado com uma estante de leituras em que, a cada frase lida, aparecia um monte de expressões desconhecidas, tanto no seu significado dicionário quanto no sentido mais filosófico.

Não desisti logo de início porque minha intenção por Fernanda era muito mais forte do que meus pré-requisitos em sociologia.

Como o cão mestre do Guimarães, rastreei no fundo de todos os matos, nos porões de cada biblioteca, outras referências que pudessem facilitar minha consagração junto ao Comitê.

Da coleção Primeiros Passos, repassei todos: *O que é Comunismo, O que é Socialismo, O que é Capitalismo, O que é Ideologia, O que é Poder, O que é Autonomia Operária, O que é Trabalho, O que é Dialética, O que é Participação, O que é Capital, O que é Sindicalismo, O que é Trotskismo* e *O que é Stalinismo.*

De quebra, para satisfazer curiosidades mais subjetivas, li *O que é Jazz, O que é Punk* e *O que é Rock.*

Nessa minha peregrinação rumo ao meu querer, descobri também as séries *Os Pensadores, Tudo é História* e *Grandes Cientistas Sociais.* O que facilitou um pouco a compreensão dos textos eruditos.

Devido ao enorme esforço despendido e à minha persistência monástica, fui logo promovido a membro pleno de uma das bases do Partido.

Minha participação na diretoria do Centro Acadêmico andava de vento em popa.

Ocupava o cargo de tesoureiro, favorecendo o envio de recursos para chapas de oposição e financiamentos de outras causas populares.

Tudo com muito cuidado, sem divisões ou fraturas na massa.

As reuniões eram combativas, cada dia num lugar e horários diferentes.

Ficava contrariado quando as datas coincidiam com os dias do racha.

A pauta, decidida previamente pelo Comando, era recheada de temas essenciais para o futuro do socialismo no mundo: as posições revisionistas do 27.º Congresso do Partido Comunista da URSS, a Perestroika, Gorbachev e sua doutrina Sinatra, a eleição de Boris Yeltsin, a demolição do Muro de Berlim, a renúncia de Zhivkov na Bulgária, a ascensão de Lech Walesa na Polônia, a Revolução de Veludo liderada por Václav Havel na República Tcheca, o projeto

Star Wars do presidente Reagan, os acontecimentos sangrentos da praça da Paz Celestial, a execução de Nicolai Ceausescu e sua mulher na Romênia, as declarações de independência da Eslovênia e da Croácia, a vitória do Partido Democrático nas eleições albanesas e outros assuntos superinteressantes.

Todos esses episódios detonavam os pilares do comunismo e da ideologia oficial.

Era necessário aplacar o avanço do neoliberalismo, não deixando que esses acontecimentos causassem deserções nas fileiras da esquerda.

Vladimir e Fernanda se revezavam na condução dos trabalhos.

Os debates, calorosos, somente se encerravam com a distribuição das tarefas e o pronunciamento final feito por eles.

É evidente que isso ocorria somente depois de ser garantida palavra de ordem a todos os participantes que quisessem fazer uso.

Recordo que uma das tarefas mais complicadas foi a de conseguir asilo para o camarada que ordenou a derrubada de um avião da Korean Air Lines, por invasão do espaço aéreo soviético, matando 83 passageiros.

A outra, com o mesmo grau de dificuldade, tinha como objetivo ocultar dirigentes da Usina Nuclear de Chernobyl, após o acidente radiativo acontecido na Ucrânia.

Ambas, segundo fontes confiáveis, tiveram êxitos.

Essas mesmas fontes nunca revelaram em que lugar o pessoal ficou camuflado.

Minha hipótese, depois desses anos todos, é a de que a ANAC e Goiânia foram os destinos escolhidos.

Por motivos que serão esclarecidos posteriormente, fui transferido, por meio de um comunicado lacônico do Zé Augusto, para outro núcleo bem afastado do centro.

O local dos encontros, agora com dia fixo, ficava incrustado no meio de uma arquitetura de tábuas, parangolés, papelões e folhas de zinco.

O bairro era demarcado pelo rastro do rio bosteiro que, como uma grande jiboia, passava engolindo pneus, garrafas, latas, sofás, corpos, imundices.

Em épocas de chuvas, a serpente do corgo vomitava uma gosma fétida por cima do povo, que se escorava de qualquer jeito sobre suas encostas.

Perebas, pústulas, febres, tiriças, lombrigas e outras pestes infecciosas quebravam a rotina laboral dos moradores, ocasionando perdas infantis.

Esse era o cenário do nosso foco revolucionário.

Padre Nicolau cedia as instalações improvisadas, de chão batido, da sua paróquia, para as reuniões.

Entre uma celebração e outra, no intervalo da liturgia dominical, arregimentava sem-teto, sem-emprego, sem-comida, sem-ninguém e sem-nada na Pastoral da Terra.

— A única saída para os nossos sofrimentos é a Reforma Agrária!

Assim fechava suas homilias, independentemente do evangelho do dia.

Nofrão era o líder comunitário.

Considerado até pela bandidagem, sonhava em fundar uma cooperativa de alimentos, onde todos contribuiriam e tirariam o seu sustento.

Naquele tempo, quando o crack ainda não tinha invadido os mocós, as ruelas, o centro, as periferias, os maconheiros e delinquentes respeitavam os mais velhos, os doutores do posto, as professoras, mulheres e crianças, as freiras, padres e pastores.

Hoje não é mais assim: caiu na rede, é peixe.

— Anos felizes!

Gostava mais dali.

A primeira razão estava ligada ao padrão etílico dos novos companheiros.

Eram chegados numa 51, num cu-de-burro, num DREHER, antecedendo a golada na loirinha estupidamente gelada.

Vodca e rum nem pensar.

O segundo motivo prendia-se ao fato de ser um grupo mais eclético, misturado. Vindos de vários matizes — AP, DVP, MNR, LIBELU, ALN, CEBs, DCEs, de lugar nenhum —, integravam uma minestre de letras.

Passados tantos anos, confesso não distinguir mais quem é do B, quem é só C, quem é S, L, R, N, D e quem são os T.

Hoje a coisa anda mais complicada.

Voltei ao hospital.

Deleites

Minha alma não tem mais
músculos nem sexo.
É uma tonelada de pedra pálida
da minha carne despregada,
despencando em queda íngreme
em direção ao nada.

— Estou vivo!

Esse sentimento convicto vinha sempre depois de uma necessidade fisiológica bem satisfeita.

A mais plena delas era quando granjeava uma bela cagada.

Naquele dia, foram duas.

A primeira veio cambaleando pelo vaso sanitário em formato de troço em grumos endurecidos com estrias avermelhadas, logo depois do café da manhã, por intermédio do efeito laxativo do leite quente com chocolate, estimulando repetidas contrações intestinais seguidas por flatos inodoros.

Isso o deixou preocupado.

Em função da morte do pai, consumido por um câncer de reto, se tornou um grande estudioso, se autodenominando o primeiro bostologista brasileiro e, quiçá, mundial, tamanho pânico em imaginar ser o seu o mesmo destino paterno.

Sempre teve a pretensão de fundar uma Associação dos Cagadores Anônimos, onde, por aclamação, seria seu presidente eterno.

Enquanto curioso da botânica, estimulado pelo passatempo de cuidar de uma horta caseira, utilizou das mesmas preocupações taxonômicas de

Lineu a fim de descrever os vários tipos de merda e seus respectivos graus de risco para essa aterrorizante doença.

Passava horas catalogando todas as informações que considerava relevantes, pesquisadas em revistas leigas de ciências, almanaques Iza, Biotônico Fontoura, Guia de Tratamento Coelho & Barbosa, blogs e outras raridades de folhetins de saúde.

Segundo suas anotações e rascunhos guardados em um caderno brochura, que pretendia, futuramente, transformá-lo em livro, classificava os volumes evacuatórios de acordo com seus processos produtivos, diferenciando-os em explosivos, pegajosos, únicos, encaroçados, em etapas, límpidos, lambuzados, silenciosos, ruidosos, secos, deslizantes, travados, sem esforço ou tipo estufa veia.

Além dessa primeira descrição, baseada exclusivamente nos diferentes processos aliviatórios, após longo período de observação, de estudos descritivos, elaborou outras classificações mais científicas, onde o detalhamento da consistência, coloração, cheiro e presença de corpos estranhos na merda indicavam normalidade ou possíveis alterações proctológicas.

A primeira característica era quanto ao formato do bolo fecal:

1. **Cocô em bolinhas:** sinal de falta de fibras e líquidos.
2. **Cocô comprido, cilíndrico e com rachaduras:** indica que as fezes permaneceram muito tempo no trajeto.
3. **Cocô comprido e com algumas falhas na superfície:** considerado normal, mas pode ser um princípio de desregulação intestinal.
4. **Cocô comprido, macio e em formato cilíndrico:** bom trânsito do começo ao fim. Tipo de fezes ideal.
5. **Cocô com gotas macias e divididas:** aponta carência de alguns nutrientes e desidratação.
6. **Cocô totalmente líquido:** disenteria.

O segundo critério semiológico para a catalogação, descrito no Manual do Bom Cagador, dizia respeito à coloração do estrume:

1. **Verde:** a causa mais comum é diarreia. O consumo recente de alguns remédios, ingestão de bebidas ou alimentos ferrosos podem deixar as fezes nessa cor. Também é comum em bebês que só se alimentam de leite materno.

2. **Preta:** sangramento no trato gastrointestinal alto, esôfago, estômago ou duodeno. Consumo de medicamentos ou suplementos de ferro também pode dar essa pigmentação carvão.
3. **Amarela:** infecção intestinal, má digestão, doença celíaca, ou, então, você exagerou na gordura.
4. **Branca ou clara:** doenças como hepatite ou outras patologias obstrutivas do fígado são as principais etiologias dessa tonalidade.
5. **Vermelha:** hemorroidas, divertículos, colite e tumores são alguns dos responsáveis pelas pinceladas vanghonianas de matizes magenta na moldura de sua obra.
6. **Cor saudável:** marrom, com algumas pequenas variações de tons monocromáticos.

Em seus rascunhos para o póstero Tratado Universal da Merda, com detalhamentos dos aspectos anatômicos, fisiológicos e suas possíveis evidências clínicas, havia também indicações de como fazer uma estimativa do comprimento, largura do excremento, como analisar sua consistência, quantificar a frequência dos movimentos intestinais, seu efeito flutuante ou de submarino e, por fim, suas características odoríficas.

Como era, em certa dose, megalomaníaco, além do Compêndio, queria fundar um curso de *stercorenólogos* como pré-requisito para se prestar o exame da ordem dos *merddeliers honoris causa.*

Voltando ao fato que o preocupava naquele dia — a cagada tipo amor aos pedaços com raias de sangue vivo.

Esse tipo de evacuação, além de trazer à mente o terror de um tumor maligno, reavivava sua infância no casarão da avó Sofia, onde passava horas e horas trepado em uma jabuticabeira, cuja espécie do mato era grande e caroçuda.

— Que delícia chupar as pretinhas direto do pé, brincando de parar o tempo!

O problema vinha depois, na saída.

O trem ficava entupido, encalacrado de dar pena, tamanho o sacrifício necessário a fim da aliviação.

Beber água com cascas de laranja assadas e moídas, esguichar o chuveirinho quente no fiofó, comer mamão ou ameixa-preta, chupar laranja e engolir o bagaço, tomar colheradas de óleo de rícino, colocar supositório de glicerina Granado, nada disso isoladamente surtia o efeito ansiado.

Somente a conjuminação de duas ou mais medidas, depois de muito custo e uma boa ajuda do dedo indicador, na função de broca perfurando aquela parede maciça, resolvia a situação dos caroços entalados no escoamento do reto.

— Bosta é coisa séria!

Era o que sempre lhe dizia seu finado pai.

— Nunca evacue no escuro, não saia apressado e nem defeque em lugares em que suas fezes não possam ser analisadas. Depois de fazer o serviço, olhe bem para o tamanho da sua obra, sua cor, consistência, cheiro e resíduos. O nosso cocô de cada dia revela como vai a saúde no silêncio dos nossos órgãos.

Essas palavras ecoadas do seu inconsciente lacaniano tornavam o episódio acontecido no raiar do dia ainda mais pavoroso.

Tal fato o deixou taciturno, indisposto, até acontecer o inesperado.

Ao cair da tarde, sem mais nem menos, a segunda cagada veio como uma grata surpresa.

Desceu plena, linda, íntegra e amolecida na encorpadura exata, nem muito dura, tampouco molificada. Apenas uma cólica em dois tempos, tensão-relaxamento, e ela eclodiu escorregadiça, medindo uns trinta centímetros, acastanhada, sem restos alimentares, nem sangue à vista ou oculto.

Deslizou soberana pelo canal da privada, sem deixar rastro ou cheiro.

A merda era uma verdadeira obra de arte.

Nada de remanescentes pegajosos no papel higiênico, exigindo movimentos de limpeza abrasivos irritando as pregas do cu, jatos quentes no bidê, ou de pedaços pendurados nos cabelos da bunda manchando a costura da cueca.

Desabrolhada espontaneamente do transverso e do cólon descendente, sem nenhum auxílio da razão, assemelhava-se, propriamente, a um manifesto da criatividade naïf.

Demonstração artística primitiva proveniente do tubo embrionário, que nos modulou de dentro para fora, a bosta é o grande acontecimento que nos faz sentir vivos.

Sem querer desprezar o fato de que as sístoles e as diástoles precordiais são as causas primeiras do início e permanência da vida, o prazer de uma boa cagada arrepia dos pés à cabeça, o corpo todo num só tempo, explosão, propiciando uma sensação de plenitude.

Os batimentos monótonos e sincronizados dos músculos cardíacos fazem com que a gente não preste muita atenção no seu ritmo sinusal corriqueiro.

Quando a gente sente vontade de cagar, ao contrário, as entranhas se contorcem, sonoridades são produzidas, expectativas e ansiedades eclodem dos labirintos da alma, o corpo inteiro se ajeita para viver a ocasião tão aguardada, cheia de suspenses.

A busca apressada por um lugar onde se possa saboreá-la egoisticamente, como um rei em seu trono, é o epílogo do *gran finale* dessa epopeia nietzscheniana.

É bem diferente a sensação de quem senta pacientemente, todos os dias, no mesmo horário, como um funcionário público que bate ponto no reservado à espera da ordem fisiológica, do prazer de ser tomado por uma vontade louca, visceral, incontrolável de dar uma aliviada. A experiência da segunda situação é única, intimista, indescritível.

A vida transcorre em virtude de um gradiente entre membranas que regulam a entrada e a saída de líquidos do nosso organismo. Defecar é um dos mecanismos que nos impedem de morrer entupidos pela nossa própria merda.

Por essas e outras digressões fisiológicas e filosóficas é que me detive mais do que devia nesses ensinamentos.

O personagem principal da história me deixou como herança suas anotações, com a responsabilidade de divulgá-las e publicá-las no transcurso da minha existência, além de uma carta que só deveria ser aberta e lida para os seus herdeiros no momento em que, vestido em seu terno de madeira, descesse pelo túnel da cremação como se fosse sua derradeira descarga em direção a todos os mortais:

— *"Do pó vieste ao pó retornarás"*

(Gênesis, 3:19).

Hornestino

Meu corpo não tem mais nervos nem fogo:
É um relógio de corda,
pulsando fora de mim,
sem que eu saiba, ao menos,
a hora do último fim.

Hornestino era de pouca fala.

Circunspecto, fazia diariamente as contas dos amigos que já tinham ido.

Os do rico-trico, pega-pega, mãe-da-rua, das batalhas de pipas, bolinhas de gude, passa-anel, dos rolimãs, dos álbuns de figurinhas completados no bafo, das matinês, os da primeira comunhão, das guerras com cabos de aço e mamona, das caçadas com estilingues e batidas de peneira em busca do peixe bandeira, paulistinha e cascudo, das provas de jato de mijo à distância, do futebol de botão, da várzea, da missa, das buraqueadas na zona, do bar do Veloso, dos tempos da escola, dos futins na praça ao redor do chafariz, da Faculdade, das lutas políticas e outros tantos que ele só via de vez em quando.

Sentado em sua cadeira do papai, lugar do qual pouco arriscava levantar os pés desde a morte de Egger, consumia seu tempo pensando se estaria no próximo vagão rumo à terra do além.

Era uma casa portuguesa

Vivo contando as horas,
esperando ouvir de novo
o barulho dos seus passos,
flutuando rente
ao assoalho do seu quarto.

A casa vivia bem assombrada.

Ali, somente habitavam fantasmas camaradas a assoviar em harmonia com os ventos de agosto adágios suaves, que atravessavam por entre as frestas dos janelões sem incomodar a posição das tramelas.

Era uma residência mágica, cheia de mistérios e de bons espíritos.

Seu irmão Alípio, o do meio, típico portuga de bigode largo e com brilhantina Glostora nos cabelos, batia seus tamancos de pau pela tinturaria anexa como se fossem castanholas.

Aquela área de serviço era para ser uma garagem, mas, em lugar de carro, acomodava linhos no aguardo dos banhos de sabão de sebo e dos raios de sol que quaravam as roupas no tempo.

As mudas arando no varal davam a impressão de arte, como se fossem bandeirolas do Volpi tremulando ao léu.

O cheiro quente do vapor exalado das roupas lavadas, ao serem tocadas pelo passador de carvão, que deslizava ternurento na feitura do vinco das calças, encharcava o ar da lavanderia.

Andar na linha em Melgaço, naquela época, além de equilibrar-se pelas bitolas estreitas dos trens da Companhia Paulista de Estrada de Ferro, era vestir um linho alinhado pelo tintureiro Elídio, também conhecido pela alcunha de Alípio.

Olhando pela fachada, a residência não parecia guardar tantos cômodos.

A estante no quarto do irmão mais velho, Procópio, empilhava livros da *Doutrina Espírita Kardecista, Trópicos, Tesouro da Juventude, Barsa,* outras enciclopédias e muitas coleções de História Natural.

Quem nunca folheou uma dessas, não sabe o que é fazer uma viagem ao centro da terra, na pura imaginação, sem sair do lugar.

O outro quarto, da Madrinha, volatizava perfumes dos frascos Cashmere Bouquet, Leite de Rosas, Colônias da Avon, misturados com o cheiro das bitucas, largadas sobre o criado-mudo, que ela não abria mão de tragar.

Era uma mulher bem à frente do seu tempo.

O aposento do Alípio era o mais reservado.

Os sobrinhos e netas sentiam calafrios ao adentrar ali e logo se depararem com o espelho enorme do seu guarda-roupa de solteiro.

Azevedo, o avô, e o Elídio faleceram cedo.

O patriarca foi definhando por causa de um câncer de reto. Já, o Alípio, partiu de repente, acordou morto.

As crianças, mesmo sem motivos, guardavam certo receio dos parentes defuntos.

Naquele tempo e naquelas bandas, era costume velar o corpo em casa e obrigar os infantes, por respeito, a beijarem os pés frios e azulados do finado na derradeira despedida, antes de fechar o caixão. Por isso, se evitava aquele aposento da casa.

O banheiro era o clube das meninas e dos meninos.

Passavam horas e horas na tina volumosa de torneiras de cobre, se ensaboando com Phebo preto de aroma inconfundível, como as madeleines de Proust, inventando bolinhas de sabão por entre os dedos, deixando-se perder nas horas.

Hornestino, rebento temporão da família, conservava na cozinha a sua parte preferida: o guarda-comida.

Avó Filoteia, em épocas especiais, fazia um bacalhau com batatas, cebolas e couve mineira ao forno, regado com azeite de lata Maria, que provocava sabores inusitados nas bocas pouco acostumadas com aquela especiaria ibérica.

Embora o bacalhau, noutrora, como toda boa refeição que virou *gourmet*, ser provisão de sobrevivência, não era encontrado de costume nos lares dos parentes e da vizinhança, em sua maioria, italiana.

Acabada a ceia, todos se reuniam na sala, onde tio Procópio cultivava sua vitrola radiofônica Semp, com teclas de marfim, 20 watts de potência, três rotações e dispositivo para dez long plays.

Esperavam o almoço e faziam a sesta do jantar ouvindo *Eu sou o Espetáculo*, com José Vasconcelos, *Vitório e Marieta* e, para dar mais emoção, antes de dormir, *As Aventuras do Falcão Negro*.

Aos domingos, giravam os vinis de Franck Pourcel, Ray Conniff, Metais em Brasa, Gigliola Cinquetti, Johnny Mathis, Agostinho dos Santos, Nelson Gonçalves, Angela Maria, Carlos Gardel, Francisco Alves, Vicente Celestino, The Platters, Sinatra, Orlando Silva, Inezita Barroso, Jamelão, Noite Ilustrada, Miltinho, Os Melhores Boleros, Guarânias e, claro, os fados da Amália e dos solos lamurientos das guitarras de além-mar.

Era uma casa portuguesa, com certeza.

"O fado é o meu castigo
Só nasceu para me perder
O fado é tudo o que eu digo
Mais o que eu não sei dizer."

Doze anos

Os dormentes de madeira de lei, que suportavam os trilhos por onde corriam Marias-Fumaças espirrando vapores — mais tarde, trocadas por locomotivas escarlates que puxavam até quarenta vagões —, delimitavam o Centro e o bairro da Aparecida.

Acima da ferrovia, moravam imigrantes italianos, espanhóis, sírios, libaneses, portugueses, alemães, galegos, japoneses e outras etnias que trabalhavam na Estrada de Ferro como operadores, manobristas, foguistas, maquinistas, mecânicos, bilheteiros, chefes de trem, cozinheiros, garçons, guardas de estação e outras tantas profissões de ferroviários.

A Cerâmica Estrela, localizada na parte alta da cidade, empregava muitos operários, cujas famílias fugiram da Guerra, na fabricação de potes, moringas, vasos e outros utensílios de argila.

Beber em um filtro São João provocava o sentimento, nos colegiais iniciados em química, de que a única prova verdadeira da existência da água era a sede, e não duas moléculas de hidrogênio e uma de oxigênio.

Tirando as vogais suspiradas denunciando o gozo, a sensação de matar a secura dos lábios, de molhar a garganta com uma caneca mergulhada em uma talha de barro torneada pelas mãos habilidosas de um ceramista, era propriamente um orgasmo oral, tamanho frescor do prazer.

Na pressa de superar logo os preâmbulos, a fim de me dedicar àquilo que é o mais importante para o momento, o sentido do meu esforço literário, ou seja, narrar fidedignamente as histórias e segredos a mim confiados pelo personagem principal, me esqueci de relatar seus outros dois regalos mais celebrados no decorrer do último trecho de sua vida.

Na escala de preferência, após o primeiro lugar disparado — uma bela cagada —, vinha o deleite oral de apreciar comidas invulgares e bebidas que açulavam suas papilas gustativas.

Logo em seguida, e finalmente, se posicionava o desfrute de um jorro de grosso calibre, ininterrupto e aquecido, de uma prolongada mijada.

Começando pelo último, por uma questão óbvia e de mais fácil explicação, o ato de urinar de carreirinha, sem cortes, vigoroso, além de não molhar o chão ao redor do penico que ficava do lado da cama de casal, evitando os reclamos estridentes de Egger, o fazia reviver a puberdade, tempo em que passava horas e horas disputando jatos à distância com a molecada da Vila.

Empoleirados no muro da casa dos Paschoalloto — família recém-chegada da Mogiana Paulista, vinda de Vêneto como fugitivos perseguidos pelos camisas negras do fascista Mussolini —, João Negão, Zé Ribeiro, Barriga, Chupetinha, Chiclé, Anão, Meia-Foda, Picolé, Sarará, Pé de Mesa, Tripinha, Chocolate, Foguinho, Ouriço, Pescoço, Tigrila, Zé Cajuca, Esquerdinha, Pidão, e mais uma meia dúzia de meninos com breve passagem pela Vila, se distraíam coçando o saco, contando os pentelhos e sorteando, enquanto esperavam irrequietos Loretta retornar do Externato Santo Antônio, de quem seria o próximo FNM, o Ford F-600, Chevrolet C6500, Scania L111 ou o Mercedes Cara Chata que cruzariam a esquina com os roncos peculiares de seus motores a diesel.

As pernas morenas de Loretta, esbeltas, pontilhadas com penugens juvenis eriçadas, acobertadas por uma saia de sarja com pregas cinza, listras plissadas preta a quatro dedos acima dos joelhos e meias brancas três quartos de helanca calçando sapatos colegiais Vulcabrás, eram as únicas motivações capazes de desviar os olhares daqueles adolescentes dos caminhões que desfilavam pelas ruas de paralelepípedos do quarteirão.

Ser caminhoneiro, bombeiro, motorista da Cometa, virar um vigilante rodoviário, igualzinho ao Inspetor Carlos com seu cachorro Lobo, pilotando sua motocicleta Harley-Davidson 1952, ou, ao volante de um Simca Chambord 1959, representava o máximo que aquela molecada podia sonhar como profissão.

Levar Loretta para um lugar à meia-luz e contemplar suas pernas entreabertas valeria, para eles, a glória de se atingir o inacessível, imaginar o insólito, de provar o maior dos tesões — aquele que nem a pretendida desconfiava de quem seria e quais suas intenções por ela: a mais pura excitação sexual em potência máxima na expectativa da explosão surpreendente.

Às 17h30min, em ponto, os dois sinos dos escrotos da gurizada começavam a badalar, tamanho o inchaço da espera.

Lá vem, lá vem, lá vem, vem, vem ela, com sua blusa de tricoline branca, brasão do Colégio bordado no bolso, dois botões desabrochados, deixando descobertas saliências de peitinhos com seus bicos edemaciados.

Era um contorcer de pernas, de assobios entrecortados, um tal de estrangular o pinto, segurar as batidas do coração e tentar conter a erupção de eritemas explodindo das entranhas de um vulcão encabulado.

Em vão.

Impossível desencaminhar os olhos daquele encanto de menina-moça a passar com sua lancheira de couro, decorada com decalques de gatinhos, borboletas e flores, dependurada no ombro, transpirando ainda o cheiro do pão com mortadela comido no recreio.

Malgrado todo o esforço dos garotos boquiabertos em esconder suas taras, as manchas de porra rala nas calças curtas e o escorrido aguado melecando as pernas desnudas delatavam seus segredos pecaminosos.

O vozeirão do frei Tobias, um alemão seguidor do Catecismo de Pedro Canísio, Edmondo Auger e Roberto Bellarmino da Companhia de Jesus, fiel à doutrina do Concílio de Trento, reverberava na cabeça dos meninos como marretadas na bigorna vindas da Oficina do Jürgen, incessantemente:

— *Deo omnipotenti, beatae Mariae semper Virgini, beato Michaeli Archangelo, beato Ioanni Baptistae, sanctis Apostolis Petro et Paulo, et omnibus Sanctis, quia peccavi nimis cogitatione, verbo et opere: mea culpa, mea culpa, mea maxima culpa. Ideo precor beatam Mariam semper Virginem, beatum Michaelem Archangelum, beatum Ioannem Baptistam, sanctos Apostolos Petrum et Paulum, et omnes Sanctos, orare pro me ad Dominum Deum nostrum. Amen.*

Entre cometer o pecado por pensamentos, atos, omissões, ter que comparecer antes da missa no confessionário, na presença do frei Tobias, aproveitando para desembuchar mais algumas transgressões veniais de desrespeito aos pais, maltratar bichinhos, de dizer palavrões, ou descascar uma bronha, imaginando Loretta peladinha no banheiro, a escolha da molecada recaía sempre, sem arrependimentos, na segunda opção.

O sacrifício da penitência, sentenciada pelo confessor benevolente, de ter que rezar em genuflexão cinquenta Ave-Marias e dez Pai-Nossos era moleza, se comparado à sensação do gozo celestial propiciado pelo revezamento das mãos na disputa excitante do jogo de cinco contra um.

Boteco do Veloso

Os italianos trouxeram para o Brasil, além de milhões de braços para trabalharem na lavoura do café, na construção civil, nas indústrias de cerâmicas e metalúrgicas, sua culinária à base de massas, cozidos, assados de carnes diversificadas e várias modalidades de jogos de matar o tempo.

No bairro da Aparecida, nos fundos do Bar do Veloso, havia dois campos de bocha e outro, ao lado, de malha. As mesas de dentro e de fora eram disputadas ombro a ombro pelas rodadas de truco.

Todo sábado à tarde e aos domingos, após a missa das sete até o almoço, o boteco ficava empinhocado de gente esgoelando e gesticulando ao mesmo tempo.

Gerações de famílias vindas de Vêneto, Campânia, Calábria, Lombardia, Toscana, Basilicata, Sicília e outros recantos da Bota fizeram dali sua colônia e a Terra Prometida, a fim de enterrarem as lembranças da vida deixadas para trás.

"Addio, del passato
Bei sogni ridenti...
Le rose del volto
Già sono palenti
L'amore d'Alfredo
Perfino mi manca
Conforto, sossego
Dell'anima stanca.
Ah! Della traviata
Sorridi al desio,
A lei deh perdona,
Tu accoglila, o Dio!
Ah! Tutto, tutto fini
Or tutto, tutto fini.

Le gioie, i dolori
Tra poco avran fine;
La tomba aí mortali
Di tutto è confine!
Non lagrima o fiore
Avrà la mia fossa!
Non croce col nome
Che copra quest'ossa!
Ah! Dela traviata
Sorridi al desio
Tu accoglila, o Dio!
Ah! Tutto, tutto fini,
Tutto, tutto fini."

No Veloso, somente os de maioridade — seguindo as rígidas regras da casa e as ordens da viatura policial, que passava por ali vez ou outra para fazer uma boquinha com tremoços, bolinhos de bacalhau, torresmos, linguiças aceboladas, batatas, mandiocas e outros quitutes fritos na hora pela patroa Celeste — estavam liberados para beber Antarctica, Tatuzinho, Cinzano, Fernet, Cynar e bancar os tentos do truco, enquanto desembaralhavam seus gritos de esconder blefes e amedrontar adversários tunadores.

— *Subino o muro e caindo de frente, truco, seu doente!*

— *Subino o muro e caindo de lado, truco, desgramado!*

— *Truquei e está trucado. Quem é o marreco que ficô melado?*

— *Siriema é bicho feio, tem cabelo no joelho, truco na vaza do meio!*

— *Quem vira o três não sabe o que fez.*

— *Truco, seu bosta!*

— *O pé deu, pé come!*

— *Corta zap!*

— *Só torno se for no truco.*

— *Meio saco, ladrão!*

— *Casa veia quando ronca, sai de baixo que desaba.*

— *Eu não vou ao baile sem dama.*

— *Si virá eu grito!*

— *Subi no morro, caí de costa, truco, seu bosta!*

— *Barai de pato não se corta, torce o pescoço.*

— *Morreu com o pau na mão. Morreu de pau duro!*

— *Truco seis!*

— *Tão loco!*

— *A primeira é caminhão de manga.*

— *Mata o zap, bichão!*

— *Faz aí, parcero!*

— *Eu sou pé. Empacho.*

— *Truco o Rei de barriga branca!*

— *Pé deu, pé come!*

— *Truco memo, Niconemo!*

— *Seis pra vê!*

— *Toma na testa!*

— *Baraio na mão de tonto é um ponto.*

— *No meu sítio tem dois frango, três vaca, quatro paca, cinco porco e seis Pato!*

— *Truco, reboque de igreja veia, estrume de cavalo magro!*

— *Lambari é pescado e truco é jogado.*

Nos fundos, as partidas de bocha e de malha corriam mais silenciosas. Praticá-las exigia concentração, destreza, lances de precisão. Gritos vibrantes só depois de grudar a quarta bola no bolim, empurrando as verdes dos adversários para longe.

No Chinquilho, os berros só eram aturados quando o pino dos oponentes fosse derrubado pelas malhas voadeiras, ou, então, se a equipe completasse trinta pontos.

Somente duas coisas ficavam proibidas aos finais de semana no Veloso: pendurar a conta e entrada de mulher. Estava implícita na ética dos frequentadores essa regra dupla pregada na caixa registradora:

Artigo 1º: **Fiado só se faz para bons amigos, mas o bom amigo nunca pede fiado.**

Artigo 2º: **Mulher que procura marido no bar quer destruir seu lar.**

Giuseppina, uma italianinha sardenta franzina, às segundas-feiras, invariavelmente, aparecia na venda com os olhos inchados, com manchas de hematomas e arranhões espalhados pelo braço.

Flauzino, um galego corpulento e pletórico, com quem vivia amasiada, ficava violento depois que bebia. Era nela que descontava toda sua raiva engolida a seco do encarregado da Cerâmica. Os dois filhos pequenos, frutos de um primeiro casamento mal resolvido, se escondiam debaixo da cama, pulavam o muro desembestados, para não testemunharem a violência do padrasto contra a mãe.

Mesmo não ignorando o ditado popular de que "*em briga de marido e mulher ninguém mete a colher*", algumas vizinhas mais íntimas tentavam aconselhar Giuseppina a largar aquele brutamonte cachaceiro. Resignada, se conformava com o fato de que o Flauzino não deixava faltar nada na mesa e era carinhoso com as crianças, quando não enchia a cara.

Nem imaginar uma confusão dessa no seu estabelecimento.

Por precaução, separava os frequentadores e os dias de cada um adentrar no seu pequeno comércio.

Homens aos finais de semana, começando pelo cair da tarde de sexta-feira, terminando no domingo ao meio-dia. De segunda a quinta, em horário comercial, o mercadinho era reservado às mulheres e às crianças.

Mesmo com a implicância de Celeste, Veloso tinha certa tolerância com rodas de samba.

Desde que bem interpretado, sem atravessamentos de inconvenientes metidos a ritmistas de colheres, garfos e facas em copos ou garrafas, e se tocado num volume agradável, o som dos pagodeiros era bem-vindo. Um único samba-canção estava proibido naquele recinto: *Ronda*.

Devido aos versos mistifóricos — "*no meio de olhares espio em todos os bares você não está. Porém, com perfeita paciência, volto a te buscar, hei de encontrar, bebendo com outras mulheres, rolando um dadinho, jogando bilhar. E neste dia, então, vai dar na primeira edição: cena de sangue num bar da Avenida São João*" — a música sofria censura na hora e, sem segunda chance, recolhia-se o violão, o cavaquinho, pandeiro, surdo e o tamborim.

O receio de que sua quitanda caísse na boca do povo, por algum sururu entre marido e mulher, diminuindo o movimento das compras à vista ou a prazo, anotadas na Caderneta, de verduras e legumes, frutas, frios, doces, secos e molhados, justificava a intransigência contra esse clássico do cancioneiro popular brasileiro.

Argumentava que até o Paulo Vanzolini, compositor da famosa canção, confessou, em um programa de TV, não gostar dela, preferindo *Volta por Cima*.

Se Veloso conhecesse a letra de *Alberto*, da obra do mesmo autor, sua bronca seria ainda maior.

Não obstante, rigoroso com *Ronda* e com outras letras subversivas da ordem familiar de Paulo Vanzolini, mesmo não conhecendo o conjunto de sua discografia, Veloso comovia-se em lágrimas ao ouvir *Abrigo de Vagabundos* do Adoniran Barbosa.

Dizia que a letra se assemelhava muito com sua história.

"Eu arranjei o meu dinheiro
Trabalhando o ano inteiro
Numa cerâmica
Fabricando potes..."

A venda, transformada em boteco aos finais de semana, era o negócio que dava sustento à sua família.

Veloso aposentou-se por invalidez, depois de trabalhar por quarenta e cinco anos na Cerâmica Estrela como forneiro.

As temperaturas extremas da boca do forno e a radiação infravermelha, além de agravarem a insuficiência cardíaca, induzida por uma pressão alta resistente aos tratamentos convencionais, trouxeram uma catarata, um dedo amputado, esterilidade, uma asma ocupacional, precipitaram seu envelhecimento. Com a indenização recebida, comprou a mercearia e fez dela um empreendimento familiar.

Todos que trabalhavam ali carregavam sobrenomes Ferreira.

Veloso, devido à sua debilidade física, tomava conta do caixa. Celeste ficava na cozinha preparando porções de aperitivos, os dois filhos mais velhos, Estela e Francisco, cuidavam dos serviços da praça, anotando e entregando pedidos dos fregueses. Até o menorzinho, de treze anos, Tomás, ajudava nos afazeres do estabelecimento.

Economizando com empregados e custos dos registros em carteira, além de pagar as despesas de casa e dos remédios, Veloso conseguia manter Francisco no curso técnico profissionalizante de torneiro mecânico, a menina Estela na Escola Remington de datilografia e secretariado, enquanto Tomás frequentava o ginasial pela manhã.

Resguardar a baiuca das intrigas familiares e da vizinhança do bairro dava a garantia de continuidade e subsistência ao seu ganha-pão.

Com certa constância, Veloso organizava no bar, a pedido de Celeste, rodadas de tômbola em solidariedade a algum conhecido enfermo ou passando por muita precisão, sempre com enorme sucesso.

Ao redor do empório e da casa dos Ferreira, aconteciam os grandes eventos daquela estância aprazível.

Debulhar o milho

A festa do milho dava início às festividades do ano.

Enquanto as esposas sentavam em roda para debulhar e ralar as espigas verdes, confeccionar saquinhos de palhas, recolher o creme do preparo das pamonhas e do curau, os homens ficavam à distância reclamando das coisas do trabalho.

Depois que um Grupo Chinês, associado a uma Empresa Americana e financiado por um Banco Franco-Anglo-Espanhol-Alemão, adquiriu os direitos da Estrela, os pedidos de adiantamento de vales foram suspensos, a obrigatoriedade de trabalhar em turnos alternados, inclusive aos finais de semana e feriados, foi imposta, jogos de baralho, palito, dama e dominó foram proibidos nos intervalos, além de cada seção ter horário cronometrado para ir ao banheiro se aliviar do ritmo da produção.

Muita coisa mudou, causando preocupações, inseguranças nos operários.

Os funcionários se queixavam de que o apito da cerâmica estava despertando mais cedo, quando o dia ainda estava largado de tanta preguiça. Antes do início do turno, todos deveriam estar a postos para hastear a bandeira da Capitania e da *holding*, enquanto recitavam os mandamentos da Corporação.

As conversas das mulheres tinham um tom mais intimista, pessoal.

Giravam em torno de conselhos para bem educar os filhos, preparar remédios caseiros, receitas de cozinha, de como estimular o marido a esperar o momento certo da penetração a fim de que o gozo fosse a dois, sem que ele a empurrasse para fora da cama aos berros de puta, besterenta, biscate, rameira, mundana, piranha e outras conotações usuais na zona do meretrício.

Dicas de beleza, indicações de benzedeiras contra mau-olhado, sarampo, panarício, torcicolos, tosse comprida, tiriças, rendição de caxumba, tifo, difteria e segredos de novos pontos de crochê ou bordado também compunham o cochicho das tricotagens corriqueiras e ninharias do cotidiano feminino.

Viva São João!

Das festas juninas quem cuidava dos preparativos era a Egger.

Em maio, já começava a arrecadar prendas e reunir a mulherada na confecção dos enfeites, quitutes e roupas da quadrilha.

Olhava na folhinha, ornamentada com a reprodução do afresco O Sagrado Coração de Jesus e a marca Maizena no rodapé, dependurada entre o fogão e a pia, bem aos olhos, para que não esquecesse dos aniversários importantes, épocas das regras e de resguardo, dias santificados e de retorno ao médico, marcando a sexta-feira mais propícia para as comemorações.

Dentro do calendário junino, Santo Antônio se festeja no dia 13, São João 24 e São Pedro no dia 29.

Então, para não acontecer desagrado de ninguém e ficar de bem com todos, garantindo, desse modo, o atendimento dos pedidos de saúde, proteção, casamentos, de cura de um parente alcoólatra, enfim, todas as súplicas que só a intermediação de um beato poderia apressar o atendimento junto a Deus, ela guardava uma data que ficava boa para seus intercessores de devoção preferidos e hasteava, em um só mastro, o estandarte de cada santo.

Graças a problemas nos olhos, desde nascença, Egger também se apegava em Santa Luzia de Siracusa, orando todos os dias para que a misericórdia da virgem e mártir cristã derramasse sobre suas vistas proteção e luz. De garantia, recorria também à crença de que comer pão amanhecido, bolachas, marmelada, arroz-doce, suco de groselha, sagu, açúcar e tomar café com formigas também servia como remédio preventivo para os males da visão.

A festa junina da Aparecida acontecia sempre na sexta-feira mais próxima ao dia vinte.

O arraial de bambu, coberto com folhas de coqueiro, construído no chão batido do Terreiro da Marta, começava a ser armado na véspera pelos homens.

Às sete horas da noite do dia seguinte, tudo deveria estar arrumadinho para o início das festividades.

As crianças ajudavam na colagem das bandeirinhas.

Jürgen, por causa da sua experiência com construções de madeira na Alemanha, encarregava-se de armar a fogueira de seis metros de altura.

Cada grupo beneficente, não importando o credo, ficava responsável por uma tenda.

As barracas de cachorro-quente, pastel, maçã do amor, da pescaria, do jogo de argola, do milho cozido e dos espetinhos eram sorteadas, antecipadamente, entre os interessados, evitando descontentamentos e reclamações de proteção.

O quentão, a pipoca, amendoim, paçoca, pé de moleque e o algodão-doce, oferecidos de graça, à vontade, garantiam o estômago dos que vinham com os bolsos vazios.

Veloso e sua família se responsabilizavam pelo abastecimento de cervejas e refrigerantes, vendidos, na ocasião, a preço de custo.

Os meninos e as meninas ficavam com a guarda da cadeia do amor e do correio elegante.

O folguedo da Aparecida era concorrido.

Comparecia gente das vilas vizinhas, das cidades da cercania, dos arrabaldes rurais, sendo preciso, muitas vezes, controlar a entrada para prevenir confusões descomedidas.

Entreveros com os garotos de fora que, incautos, jogavam cantadas em direção à Loretta, sempre estavam previstos. Afora alguns empurrões, xingamentos e cusparadas, acabavam em nada, devido à intervenção da turma do "deixa-disso".

Ouriço sempre ganhava a prova do pau de sebo e o Picolé, exímio artesão de pipas, papagaios, maranhões, caixotes, raias e outras dobraduras voantes de papel, confeccionava o balão multicolorido, de três metros de circunferência, solto depois do terço, antes da quadrilha, em meio aos estouros de rojões, morteiros, chuvas de prata, busca-pés, fósforos de cor, traques, explosões de fogos de artifícios que arrebatavam emoções de todas as idades.

Escondidos das mães, os pivetes se arriscavam em pular fogueira, mesmo precavidos de que poderiam fazer xixi na cama.

O Trio Nordestino, o mais famoso daquelas redondezas e lonjuras, com Lidu na voz e sanfona, Coroné na zabumba e Cobrinha no triângulo, animava o baile até a lua cheia descer seu clarão pelas encostas da serra, cedendo lugar ao despontar do sol.

A quadrilha, atração mais esperada da noite, cantada pela paraibana Inezita, se desenrolava com garbosidade e harmonia, mesmo sem muitos ensaios.

— Balancê!

— Marcando o passo, sem sair do lugar!

— Anavan!

— Avante, pessoá, caminhando balangando os braços!

— Returnê!

— Aos seus lugares!

— Vamos começar o tour!

— Com a mão direita o cavalheiro abraça a cintura da dama e a dama coloca o braço esquerdo no ombro do cavalheiro.

— Balancê!

— Cavalheiros cumprimentam as damas!

— As damas cumprimentam os cavalheiros!

— Trocar de lado!

— Aos seus lugares!

— Vai começar o grande passeio!

— Uhmmmmmmmm!

— Cavalheiros à frente!

— Ohmmmmmmmmm!

— As mulheres atrás!

— Ahmmmmmmmmm!

— Mudano parceiro!

— Vamo entrar no túnel, pessoá!

— Caminho da roça!

— Olha a chuva!

— Uhmmmmmmmm!

— É mentira!

— Ahmmmmmmm!

— Balancê!

— Olha a cobra!

— Uhmmmmmmm!

— É mentira!

— Ahmmmmmmm!

— Vamo fazê o caracol, pessoá!

— Meia-volta!

— Grande roda!

— Cavalheiros! Vamos coroar as damas!

— Damas! Coroar os cavalheiros!

— Grande roda!

— Caminho da roça!

— Despedida!

— Tchau, pessoá!

Enquanto os músicos não desligassem o som, guardassem seus instrumentos, indicando cumprido o combinado, Jürgen e Marta não davam descanso para os xotes, xaxados e baiões, desfilando suas habilidades de dançarinos de forró pé de serra.

Flauzino e Giuseppina, durante o tempo em que ardia a fogueira que aquecia aquela eterna noite invernal, se roçavam, trocavam beijos e juras como se nunca tivesse havido entre eles briga de amor.

Era uma festa do interior.

"Olha pro céu, meu amor
Vê como ele está lindo
Olha praquele balão multicor
Como no céu vai sumindo."

O Porco

De todos os festejos populares, o mais misterioso e ocultista, nem por isso menos divertido, era o dia da matança do porco.

Acontecia num sábado, pouco antes das comemorações natalinas.

Os Paschoalloto abriam sua residência — apelidada pelos vizinhos de *Palazzo Romano* —, estendiam o alpendre dos fundos e o quintal para celebrar *il Sacrificio del Suino del Poverello*.

Diz um ditado popular que "a vaca é nobreza, a cabra é mantença, a ovelha é riqueza, mas o porco é tesouro".

Os cães olham-nos de baixo, os gatos de cima, enquanto os suínos olham-nos de igual para igual. Por essa razão, sua morte marcava tanto.

Fitando nos olhos do carrasco, deixava escorrer uma lágrima dos seus, lentamente.

Depois de ser alimentado o ano inteiro com restos de alimentos, lavagens, leite azedo, sobras ofertadas pelos vizinhos, rações trazidas pelos donos e consumado o processo de engorda, o capado era deixado em jejum na noite anterior, a fim de ocorrer uma boa limpeza do seu estômago e tripas.

Às quatro da manhã, quando o escuro da noite ainda não tinha dado nenhuma brecha para a luz do dia, o animal lavado ficava dependurado de cabeça para baixo à espera do golpe fatal.

Um homem adestrado, vindo de fora, empunhava seu *cuchillo gitano* e num gesto certeiro, removido de sentimentos, de todo apego amoroso, benquerenças, de lirismos lusitanos, após afastada toda distância entre a intenção e o gesto, com a mão cega executava a sentença, antes que o coração recuasse.

O punhal penetrava agudo através da goela do bicho, como um poema de Lorca, rasgando as fibras do coração.

Um grunhido agudo, longo e triste se alastrava ao longe, enquanto o sangue vertia.

Os menos temerosos rezavam para que ele não coalhasse até o final da hemorragia.

Mulheres que estavam de paquete nem chegavam perto, com receio de rançar a carne.

Já com a vida extinta, sua pele era sapecada na palha da bananeira, facilitando a raspagem dos pelos.

Uma fogueira se elevava como sacrifício em direção aos céus, no mesmo momento em que os primeiros raios de sol rompiam através do breu da madrugada.

Do seu corpo enrijecido, pesando dezoito arrobas, retalhos de peias retiradas a canivete, depois de temperados com sal e limão, eram oferecidos aos homens com um trago de cachaça.

A partir desse ritual de entronização, as mulheres ocupavam a cena, destrinchando as partes do leitão.

O que a noite escondia o dia revelava.

No festejo da matança, ao contrário de um ato cruel onde o bicho se humaniza e o homem se torna brutal, se consagrava a partilha do alimento, onde todos que colaboravam com a criação levavam sua devida cota.

Um pedaço do toucinho, uma boa peça do lombo, do pernil, da costela, tripas, porções de sangue para o chouriço, fatias de pele, de banha, miúdos, bocados de carne moída, ingredientes para o cudiguim, pé, orelha, rabo, o couro, tudo se aproveitava e todo mundo participava da justa divisão.

Portugueses, italianos, alemães, galegos, espanhóis, turcos, crentes, ateus, cristãos, macumbeiros, pretos, homens, baitolas, mulheres toleradas, velhos, crianças, brancos, até o amarelo Naoki se aprochegava em torno do bicho mais socialista do universo.

A tarde caía sem que ninguém se apercebesse, no quintal dos Paschoalloto.

Enquanto as crianças corriam atrás das galinhas, brincavam de mãe da rua, de salva-pega, passa-anel e os vira-latas pulguentos farejavam restos de carniças, durante todo o dia a comida era farta.

Pães caseiros feitos em forno de barro, bolos de fubá, torresmo, costelinha frita e uma feijoada, preparada com guarnições e condimentos doados pelos Ferreira, matavam a fome dos presentes até o entardecer.

Já de noitinha, uma canja para firmar o estômago anunciava que já estava dada a hora de todos se recolherem ao aconchego dos seus lares.

Amanhã é domingo, pede cachimbo...

É dia de missa, de culto, de vestido guardado.

Dia santo, da família, de terno, de truco, de feira, de bocha, de futebol de várzea, de ouvir jogo no rádio, de malha no bar do Veloso.

É dia de comer macarrão com frango.

O Trem das Onze

Declaro meu amor pelo mundo,
pela música,
por qualquer coisa viva ou inanimada.
Tão somente por Deus não o declaro.
Seria demasiadamente vulgar;
soaria falso.

Hornestino frequentava o estabelecimento com regularidade.

Embora não entendesse nada do truco, nem possuísse força e habilidades para atirar malhas e bochas, gostava de ficar ali para apreciar o movimento e trocar prosa com algum conhecido ou novato que chegasse.

Metódico, após assistir à missa de domingo, sentava sempre na mesma mesa e pedia quatro bolinhos de bacalhau acompanhados de uma Antarctica morna.

Dizia que cerveja muito gelada atiçava sua pigarra bronquial, além de tornar o gosto das marcas todos iguais.

Antes de fechar o débito, encomendava mais três porções para viagem a fim de agradar a esposa, que, naqueles dias, descobriu-se grávida do segundo filho.

Os períodos de embaraço provocavam em Egger desejos bizarros que, não satisfeitos, poderiam tatuar no corpo do feto manchas de vários feitios e tons, dependendo da vontade.

Engolir uma dúzia de bolinhos de bacalhau de uma vez só, comer um saco de pão de amendoim japonês, devorar um vidro grande de maionese Hellmann's, compunham os impulsos mais fáceis de serem viabilizados, não importando se de dia, noite ou durante a madrugada. Agora, desenvolver pagofagia, geofagia, ter compulsão para lamber sabão, se alimentar de carvão, cinzas de cigarro, borra de café, bolinhas de naftalina, passar margarina na melancia antes de chupá-la, beber vinagre, entre tantas esquisitices, deixavam Hornestino preocupado com a sanidade mental da mulher.

Mesmo ressabiado, a contragosto, fazia o possível e o impossível para satisfazê-las.

Viver com o peso da culpa de ver o filho com uma jaca impressa na nuca para o resto da vida, por não ter saciado o pedido da cônjuge, o convencia da urgência de sair apurado em busca das iguarias da hora.

O arrimo da família representava o exemplo vivo que comprovava a superstição.

Os da Veiga costumavam, nas férias de final de ano e na Semana Santa, visitar parentes que moravam em Duplo Céu.

O translado feito de trem até Araçá-Azul e com baldeação rumo ao destino final sob a responsabilidade da Empresa Rápido D'Oeste cursava bem cansativo, mas nem por isso menos emocionante para as crianças que disputavam as janelinhas.

Com poucos recursos, compravam sempre bilhetes nos vagões de segunda classe, onde os bancos de madeira sem encosto para os braços, o calor pegajoso típico daquela região tropical, o aglomerado de gente, malas, nenéns de colo chorando, engradados de galinhas e outras condições desconfortáveis deixavam o itinerário ainda mais exaustivo.

Para suportar o trajeto, Egger preparava, na véspera, uma cestinha com pedaços de frango, torradas e um punhado de farofa a fim de enganar a fome.

Em uma dessas sagaranas, não suspeitando estar embaraçada, sentiu vontade de comer um bife acebolado no restaurante da Composição Expresso-2222.

O cheiro exalado da cozinha, atravessando os carros Pullman, reservados aos passageiros da primeira classe, com suas poltronas reclináveis com apoio para cabeça, braços e pés, ar condicionado e sem as muvucas da superlotação, chegava até o olfato de Egger atiçando lombrigas incontroláveis.

Com o dinheirinho contado, restou ao Hornestino comprar do ambulante um pacote de bolacha Água & Sal.

O fato de ter passado essa vontade no primeiro trimestre da sua prenhez, de acordo com suas crendices, foi a causa da mancha esgarçada e castanha que o mais velho traz gravada na barriga desde que veio ao mundo.

Quarta-Feira

Além das festas organizadas pela vizinhança em épocas de aniversários, casamentos, batizados, primeira comunhão, Natal e Ano-Novo, em Melgaço ocorriam muitas celebrações religiosas, que acabaram se tornando feriados devido ao enorme poderio da Igreja Católica sobre os políticos locais.

A Quarta-Feira de Cinzas, respeitada após o término da Folia de Momo, era guardada para as penitências e a queima dos pecados cometidos pelos foliões, durante os quatro dias de festejos, envolvendo bebidas, lança-perfume, extravagâncias eróticas.

Deram esse nome para a festa, segundo alguns historiadores de pândegas populares, devido a um Rei burlesco, glutão e fanfarrão, nascido de novelas picarescas espanholas dos séculos XVII e XVIII, cuja figura atravessou o Atlântico, passando por Barranquilla e Montevidéu, chegando a Melgaço, em 1910, através do palhaço Benjamim Oliveira, extra do Circo Spinelli. Em 1933, o personagem balofo foi alçado ao trono de comandante obrigatório da abertura do Carnaval.

A Sociedade Filarmônica Pietro Mascagni se vestia de pierrôs, arlequins, colombinas, cortinas de serpentinas e chuvas de confetes. Aerossóis de lança-perfume davam volta no salão à procura de amores levianos, passageiros. O som dos metais, o rufar dos tambores de Renato Peres e sua Orquestra animava os quatro dias de baile até o sol surgir, a nos lembrar que, amanhã, tudo voltará ao normal.

Quinta-Feira

A consagração do *Corpus Christi* passou a ser reverenciada, segundo códigos do direito canônico, após a freira Juliana de Mont Cornillon revelar ao cônego Tiago Pantaleão de Troyes ter tido visões e ouvir Jesus lhe pedir uma festa em honra da Santa Eucaristia.

O então Arquidiácono do Cabido Diocesano de Liége na Bélgica, local onde o segredo da religiosa agostiniana lhe foi confidenciado, logo após ser anunciado Papa Urbano IV, em 8 de setembro de 1264, ao saber que um sacerdote de Bolsena, no momento de partir a hóstia santa, viu manchas de sangue no corporal, decretou, por intermédio da bula *Transiturus*, que o corpo de Cristo fosse celebrado em uma quinta-feira, sessenta dias após a Páscoa.

No dia determinado de cada ano, podendo cair entre 21 de maio a 24 de junho, ficaria estabelecido pelo Cânone 944 que o Bispo não deveria se ausentar de sua diocese por nada desse mundo, nem mesmo para "dar um peru de roda" sob ameaça de algum marido escornado.

A celebração de Corpus Christi, em Melgaço, seguia a mesma tradição, desde 1964, ano em que das Dores, senhora tradicional da cidade, espalhou pelos quatro cantos ter conversado com Jesus empoleirado em uma mangueira, recebendo dele a missão de organizar uma procissão em torno de vinte quarteirões, através dos quais seu Corpo Eucarístico desfilaria em um ostensório sobre as ruas tapizadas.

As beatas da cidade, seguidoras da Ministra Extraordinária da Sagrada Comunhão, mantêm o costume até hoje.

O dia nem bem amanhecia e lá estavam moças e moços dos grupos de jovens, da Legião de Maria, mulheres da Congregação Mariana com suas crianças, Vicentinos e dezenas de voluntários a atapetar as ruas, por onde iria passar a procissão, com toneladas de borras de café, de areias e serragens coloridas, pó de arroz, palhas de trigo, enxovais, artesanatos, comidas e roupas para doações, compondo desenhos de cálices, hóstias, cruzes, imagens de Cristo, de Nossa Senhora e outras iconografias cristãs.

Tudo com muita delicadeza e devoção.

À tardinha, bem antes de escurecer, para que todas as cores e formas dos tapetes adornando o cortejo fossem apreciadas pelos fiéis, que caminhavam ao lado, com cuidado, a fim de não estragar as tapeçarias feitas como oferendas a Jesus, começava a cantoria das ladainhas sob o comando do Bispo e das irmãs de Maria.

Ao chegar na Matriz, toda enfeitada com flores e luzes, frei Strabelli tocava o órgão de fole com colunas de três andares, enquanto o povo, acompanhando o coro formado por crianças do Externato Santo Antônio, chamado carinhosamente, pela beleza do seu timbre e afinação, Os Canarinhos de Melgaço, o hino gregoriano *Lauda Sion*, cujos versos foram compostos por São Tomás de Aquino.

Em meados dos anos de 1960, até o final de 1970, foi nomeado Arcebispo de Melgaço Dom Paulo Casaldáliga, defensor dos direitos humanos, inimigo da ditadura.

Em parceria com um compositor negro mineiro, o Prelado compôs a liturgia dos Quilombos, substituindo o canto Louva Sião por músicas que retratavam o sofrimento dos pobres pretos e pretas melgacenses.

Um jeito mais realista de celebrar a religiosidade do povo mais simples.

O crescimento dos neopentecostais, a chuva de cartas das elites brancas católicas adeptas da Renovação Carismática e da *Opus Dei*, endereçadas ao Sumo Pontífice, reclamando da transubstanciação de Jesus Cristo em um militante do comunismo, fez com que o Vaticano transferisse o Bispo fiel à Teologia da Libertação para outras paragens, bem distante dali.

Tive notícias, muitos anos depois, vindas lá do lugar onde ele se encontrava misturado ao *povorello*, que continuava cantando seus cânticos quilombolas. Só que, daquelas lonjuras, a música não chegava aos ouvidos do Santo Padre. O povo cantava bem baixinho, quase sussurrando. Somente os que estavam por perto ouviam.

A Padroeira

No dia 12 de outubro, toda Melgaço parava para festejar sua Padroeira.

Contam os hagiólogos que o primeiro Protetor da Colônia foi São Pedro de Alcântara — nome adotado por Juan de Garabito y Vilela de Sanabria, nascido em 1499, e que frequentou o curso de Direito na Universidade de Salamanca.

Após ouvir o chamado divino, o jovem orante foi ordenado franciscano.

Passou a vestir sandálias, a usar hábito surrado, dormir quatro horas por dia, jejuar por semanas e desapegar-se dos bens materiais.

Antes de ser elevado ao posto superior de Provincial, foi observante, conventual, exercendo a função de diretor espiritual da freira poetiza Santa Tereza D'Ávila e de confessor do Rei de Portugal Dom João III.

Por esses serviços prestados à Sua Majestade, foi condecorado — acredito eu, não pelo fato de conhecer todas as mazelas do Soberano, mas por mérito exclusivo de sua beatitude — o Santo de devoção da Família Real.

Tamanha veneração do Monarca português pelo místico espanhol, falecido de joelhos, cantando o Salmo 121, aos 62 anos, fez com que ele o homenageasse, dando seu nome a dois herdeiros.

Pedro de Alcântara, nome de batismo do Primeiro Imperador, em 1826, seguindo a mesma veneração paterna, solicitou ao Papa Leão XII que declarasse o humilde frade franciscano o Padroeiro da Possessão.

Como os interesses da Igreja quase sempre coincidiam com os propósitos da monarquia nas terras colonizadas, assim foi feito.

Tempos depois, dizem os historiadores melgacenses que, em 1717, no Paraíba do Sul, rio que cortava a pequena Vila de Santo Antônio de Guaratinguetá, dois pescadores trouxeram em suas redes, não peixes graúdos, mas uma escultura de Maria.

Em sua homenagem, construíram uma igrejinha e colocaram a imagem no altar, dando-lhe o nome de Nossa Senhora Aparecida.

A Santa que perdeu a cabeça, anegralhou-se e foi recuperada por gente humilde, caiu nas graças do povo das redondezas, operando milagres de várias qualidades suplicados por seus devotos.

O mais comentado nas rodas de conversa da época foi a libertação do escravo Zacarias das suas grossas e pesadas correntes, após ele se ajoelhar diante do oratório da Virgem aos olhos dos seus capatazes.

Esse feito milagroso se espalhou pelos quatro cantos da Colônia, chegando aos ouvidos da Princesa Isabel, que, querendo conceber, foi até à vilazinha, agora chamada de Aparecida, a fim de fazer suas preces.

A Infanta não foi atendida logo de cara.

Em 1874 teve um filho natimorto.

Somente entre 1875 e 1878, vieram dois rebentos: Dom Antônio Gastão e Dom Luís Maria.

Ambos tiveram um futuro trágico, após serem expulsos da Colônia com toda a Família Real pelos republicanos.

O primeiro morreu de reumatismo, em 1920, aos 42 anos, adquirido nos pântanos franceses quando servia o exército britânico. O segundo faleceu de acidente aéreo, em 1918, aos 37 anos, nos arredores de Londres.

Além desses porvindouros, Isabel Cristina Leopoldina Augusta Micaela Gabriela Rafaela Gonzaga de Borbón-Dúas Sicilias e Bragança teve mais um menino e uma menina: Luís de Orléans e Bragança e Luísa Vitória de Orléans e Bragança.

Passados anos e séculos, vez ou outra, geralmente perto das eleições, reaparecem uns engomadinhos por Melgaço dizendo terem sobrenomes Orléans e Bragança, pregando a retomada da monarquia.

Ninguém dá muita bola para eles.

Voltando à história da santinha padroeira.

Com sua graça atendida, a Redentora voltou a Aparecida e doou uma coroa cravejada de diamantes e rubis, um manto azul bordado a ouro, que adornam até hoje a imagem da Virgem Santíssima.

Consta ainda nos livros de histórias santeiras que, em 6 de julho de 1930, o Papa Pio XI, atendendo ao clamor do povo, destituiu o pobre São

Pedro de Alcântara do posto de Padroeiro e entronizou Nossa Senhora Aparecida em seu lugar.

Dizem alguns descontentes radicais que esse ato foi um golpe dado pelo Sumo Pontífice, articulado com os políticos da época, no capuchinho desapegado dos bens mundanos.

Argumentam até que, caso quisessem se livrar das suas veias tirânicas, misóginas e machistas de verdade, os golpistas teriam que outorgar à Maria Imaculada o título de Madroeira, e não de Padroeira, em respeito ao seu gênero.

Política e religião sempre andaram de mãos dadas em Melgaço.

Tanto é que, embora os pescadores tenham tirado das águas a imagem de Nossa Senhora em 17 de outubro de 1717, as autoridades eclesiásticas, políticas e os coronéis locais resolveram estabelecer o dia 12 como data de sua festa, justamente para fazer coincidir com 12 de outubro de 1492, ocasião em que Cristóvão Colombo aportou no Continente Americano, com 12 de outubro de 1789, momento do nascimento de Pedro de Alcântara, e com 12 de outubro de 1882, tempo em que Dom Pedro I foi aclamado Imperador.

A Santa, sem o seu consentimento, sempre foi utilizada pelos ditadores da Província para entorpecer as dores do povo e justificar a repressão, a tortura e o assassinato daqueles que gritavam pelo seu fim.

Para consolidar o uso inapropriado da mãe de Jesus crucificado, o General Figueiredo, apreciador mais do cheiro de seus cavalos do que de gente, em 30 de junho de 1978, na tentativa de melhorar sua imagem junto aos melgacenses, decretou "*feriado nacional o dia 12 de outubro, para culto público e oficial à Nossa Senhora Aparecida, a nossa Padroeira*".

Segundo muitos ateus e adeptos de outras religiões, isso foi uma afronta ao princípio do Estado laico da nossa Constituição.

Os melgacenses, fervorosos que eram, nunca quiseram saber desses *mimimis* constitucionalistas, laicistas e politiqueiros. Mesmo porque, a maioria deles frequentava com certa regularidade a Igreja da Aparecida, tomava passe de descarrego no Terreiro da Marta, ia em busca de cartas psicografadas no Centro Espírita Divina Luz, bebia água do rio Jordão nos templos evangélicos e ainda acendia vela ao diabo, caso precisasse atiçar uma catiça em algum desafeto.

Chegado o dia 12 de outubro, além de aproveitarem o churrasco no bar do Veloso pela manhã, à tarde, os homens de terno, as mulheres de véu na cabeça e as crianças vestidas como Nossa Senhora compareciam à Igreja da Aparecida para pagar suas promessas, renovar seus votos, levar suas oferendas e fazer novos pedidos.

O cheiro de parafina das velas queimadas misturado aos odores de margaridas, rosas, antúrios e outras flores ornamentais, além de impregnar a nave com um ranço betuminoso, criava uma atmosfera esfumaçada que ardia os olhos dos fiéis, embaçando os tons azul e branco da cúpula da Matriz.

Quando o andor de Nossa Senhora adentrava pelo corredor central da Catedral, depois de escalar os 415 degraus que levavam ao pórtico da Igreja, a multidão se acotovelava para tocá-la, ao som de ladainhas, choros, gritos de súplicas, de Ave Maria, Salve Rainha, Catena e terços cantados.

Ao lado do altar da Padroeira, os piedosos deixavam na Sala dos Milagres fotos, aparelhos ortopédicos, sapatos, óculos, muletas, cadeiras de rodas, pernas de gesso, coletes de ferro, órteses e próteses, moedas, garrafas de pinga, camisas de times de futebol, cartas de amor, alianças, fraldas, correntes, pingentes, esculturas, uniformes do exército, da marinha, da aeronáutica, batinas, peças íntimas, flores de plástico, mechas de cabelos, dentes de leite, do siso, pererecas e uma infinidade de ex-votos que representavam a graça concedida.

Muitos, que não sabiam rezar, se postavam diante da Santinha apenas para mostrar seu olhar, o seu olhar.

Em meio a todo esse tumulto sacrossanto, o Bispo Diocesano, encerrando a celebração, puxava a ladainha da Virgem Maria.

Aos Mortos

Em Melgaço, a data de guardar os Fiéis Defuntos era um dia constrito.

Toda família se vestia de preto, de lembranças, de lágrimas.

Enlutadas, dirigiam-se ao campo-santo, a fim de levarem flores, acenderem velas, orarem junto ao seu ente querido na busca de encurtar sua via-sacra a caminho do céu.

O túmulo do Professor, erguido em sua homenagem pelos jogadores do Cruzeirinho, em que pese seu corpo nunca ter sido encontrado, era o mais procurado pelos moradores da Comarca.

De um jeito diferente, em Guadalupe, lugarejo muito dali distante, o povo saía às ruas enfeitadas em desfiles, por três dias, cantando, dançando, bebendo e comendo, zombando da morte, fantasiado com caveiras coloridas e ostentando retratos dos parentes desencarnados.

Os melgacenses achavam isso um desrespeito para com aqueles que ainda estavam aguardando autorização para saírem do purgatório.

O máximo que as famílias toleravam era uma brincadeira da molecada, que se limitava em apanhar um mamão verde, raspar toda a sua pele até ficar totalmente branca.

Após cortar a parte do talo, tirar a semente, trepanar a calota, esculpir os olhos, nariz e a boca numa das laterais, uma vela acesa era colocada no seu interior.

As esculturas cadavéricas finalizadas, assentadas no muro da frente das casas, à noite, assustavam e provocavam gritos de terror nas transeuntes ensimesmadas.

Alguns mais perfeccionistas implantavam cabelos de milho, faziam adereços com papel machê colorido, a fim de dar um realismo funesto ao *Carica papaya*.

Tinha um detalhe importante nessa patuscada: o mamão apanhado para se fazer o vulto macabro deveria ser obrigatoriamente fêmea ou hermafrodita.

Embora o mamão macho seja menos saboroso, tenha menos polpa que o papaya mulher ou andrógino, o líquido que sai do seu talo, quando arrancado do tronco — assim acreditavam as parteiras do lugar —, fazia aumentar o leite da nutriz.

Segundo a crença das comadres, passar o fluido branco e viscoso do mamão masculino no bico do seio, além de estimular a ordenha, cicatrizava rachaduras e prevenia a secagem das mamas.

Por esse motivo não se devia apanhá-los, nem os desperdiçar em diversões pueris.

Outras simpatias eram receitadas pelas matronas melgacenses às parideiras de primeira viagem, impedindo a estiagem dos seus úberes.

Chupar melancia, comer um balde de canjica, tomar uma caneca de garapa ou de cerveja Caracu, entre outras receitas, apareciam como as mais indicadas para crescer o colostro e fazer descer.

Quando as tetas empedravam, o aconselhado era passar um pente fino por debaixo dos pomos, dentro do chuveiro quente, liquefazendo o leite novamente.

Agora, se a mulher estivesse dando de mamar, ela não deveria visitar ninguém picado por cobra, muito menos em caso de doença, porque a pessoa podia morrer de repente ou bater as botas em duradoura caquexia.

Frei Tobias, nas aulas do catecismo dominical, seguindo os ensinamentos do abade beneditino Odilo, doutrinava que o Dia de Finados teve origem no século II, quando alguns cristãos se encaminhavam aos túmulos dos mártires e, aproveitando o ensejo, rezavam pelos seus mortos.

Em virtude do aumento das peregrinações aos mausoléus dos futuros santos e santas da Igreja Católica, no século V, passou a ser reservado o dia 1º de novembro para evocar as almas dos falecidos em estado de graça e com seus pecados perdoados.

O dia seguinte, 2 de novembro, ficou para reavivar, fazer súplicas e interceder pelos fiéis defuntos, os pobres mortais que precisavam ainda de ajuda em suas tentativas pós-morte de escaparem da fogueira do báratro em direção aos céus.

Essa versão, colocando o Dia dos Mortos logo após o Dia de Todos os Santos, era criticada pelo próprio frei Tobias.

Após a missa dominical, mais descontraído, tomando vinho não consagrado com alguns pupilos, o irmão franciscano contava a história de um tal religioso chamado João Tetzel.

Com o rosto ruborizado, a língua crescendo na boca, discorria desinibido que o Papa Leão V, ao decretar o *Cum Postquam*, deu o direito a todos os cristãos com os sacramentos em dia, caridosos perdulários a terem uma cota de indulgências, depositada na conta do Tesouro de Méritos, que poderia ser sacada a qualquer momento, principalmente na porta do traspassamento.

A prática de clemências plenas instituída pela carta papal mediante esmolas, segundo a opinião do frade, acabou virando um verdadeiro mercado da fé.

Falava exaltado, com o suor secado na batina, que um tal Alberto de Braudenburgo, de apenas vinte e três anos, após o falecimento do Arcebispo de Mainz, a fim de sucedê-lo no cargo, teve que comprar a permissão da Sua Santidade por uma quantia bastante vultosa.

Com o intuito de ser indicado para o posto de principal Dignatário da Igreja Alemã, amansou o Leão pagando a propina em dobro.

Como o pleiteante tinha poucos bens, para liquidar o débito, teve que pedir dinheiro emprestado aos agiotas da época.

Aí que entra o atravessador, lobista e corretor João Tetzel.

Quase engasgando, tossindo sem parar e com a próstata estrangulando a bexiga, o bondoso frade catequista, sempre que contava seus longos causos, fazia uma pausa para se aliviar.

Nessas horas, a meninada aproveitava para dar um gole no vinho doce e comer algumas bolachas de hóstias.

Ao voltar do alívio, com a cara enxaguada e uma mancha arredondada na batina bem na altura de sua genitália, retomava a história, não sem antes culpar as más influências de artistas pagãos, citando explicitamente Rafael Sanzio e suas pinturas da Madona com os seios à mostra, o menino Jesus ao colo com o pinto exposto; Paolo Veronese e seu quadro *O Martírio e Última Comunhão de Santa Luzia*, entre outros degeneradores da moral cristã.

Feito o desabafo, mais desinibido, dizia que o Papa Leão X, para tirar o pretendente da enrascada, emitiu cartas de indulgências assinadas para serem vendidas na Alemanha.

Metade do dinheiro arrecadado nas transações dos papéis-moeda celestes seria destinada à construção da Basílica de São Pedro. A outra parte seria entregue para o Albertinho liquidar sua dívida com os onzeneiros.

Como o jovem postulante a Arcebispo não tinha nenhum tino comercial, contratou o monge João Tetzel, hábil em lidar com falcatruas das mais diversas variedades, para cuidar da comercialização de suas cartas de perdão pleno.

O astuto monge tinha uma técnica infalível de convencimento da plebe, monarcas, duques, princesas e emergentes comerciantes.

Antes de ir às cidades, enviava batedores para anunciar sua chegada.

Quando subia ao púlpito improvisado, uma multidão o aguardava ansiosa para ouvir seus sermões.

Começava sua pregação falando das torturas destinadas àqueles condenados com punições eternas ao fogo do inferno.

Em seguida, descrevia em alto e bom som o sofrimento vivido por parentes e amigos, cujos entes queridos ainda penavam no purgatório.

Por fim, mansamente, apresentava as delícias de partir desta vida direto para o terreno celestial, lugar onde brotam o leite e o mel.

A grande maioria que o ouvia, com exceção de uns poucos desconfiados, entre eles um rapaz chamado Lutero a gritar "*sola scriptura e sola fide*", vendia terras, bens, animais, tudo que tinha, para comprar aquelas procurações que garantiriam um terreninho no *Garden Paradise.*

Depois que o monge João Tetzel, em pleno século XVI, descobriu o negócio altamente rentável de ser corretor do Senhor do Céu e da Terra, surgiram muitos outros agenciadores, cada um se dizendo mais portador das franquias das empresas "Em Nome de Jesus".

Atualmente, em Melgaço, a concorrência é enorme.

O bispo Edirair, que chegou esses dias na cidade, já abriu vinte portas da sua igreja "Os Empreiteiros do Reino de Deus" em lojas falidas. Prega todo santo dia na rádio e na TV que "quem doa somente o que sobra não engradece a obra de Deus".

O missionário R. R. Malaquias prefere abrir seus templos em locais maiores, escolhendo sempre salas de cinema abandonadas. Tem como bordão de fé a frase: "Quem doa o que lhe falta asfalta os caminhos do céu".

Olga, mulher da vida, juramentada nas artes libidinosas, pregava aos quatros cantos da cidade que, como não era atravessadora nem corretora do Senhor, abria as pernas todas as noites para garantir seu próprio cobertor.

A Última Ceia

— Em abril, águas mil!

Vó Filoteia, nas ocasiões em que preparava seu bacalhau ao forno, no almoço da Sexta-Feira da Paixão, repetia esse adágio para lembrar que aquele dia não era de festa e comilança, mas de penitência pela morte de Jesus crucificado. Por isso, segundo suas explicações diluvianas, na Semana Santa, invariavelmente, o céu se derrama em lágrimas caudalosas, com raios e trovões em gritos de lamentos, rasgando-se todo, desde o ponto em que o sol nasce até o lugar em que se põe.

Tio Alípio, ateu, marxista convicto, ouvia respeitosamente os ensinamentos da mãe fervorosa, mas, assim que tinha uma chance, clandestinamente, chamava os sobrinhos na tinturaria para dar sua versão sobre os dias quentes, às vezes frios, com precipitações de chuvas intercaladas com tempos enxutos, típicos de abril, justamente o mês em que, dependendo da data do equinócio de primavera-outono, é celebrada a Semana Santa, de acordo com a tradição católica apostólica romana.

O Elídio era um grande estudioso dos fenômenos meteorológicos, sendo chamado carinhosamente pelos vizinhos de "O Homem do Tempo".

Sua lavanderia não tinha máquinas de secar.

Para determinar o dia certo dos fregueses pegarem as trouxas de roupas impecavelmente alvejadas e engomadas, dependia de uma previsão exata dos períodos de sol e de chuva.

Os muitos anos na lida com o ofício de lavar, dependurar e tirar a rouparia do varal, lhe deu o sentido fino de adivinhar o clima de cada mês, diariamente, no horário certeiro.

Naquela época, o tempo e as estações tinham datas precisas para acontecer.

Hoje não é mais assim.

Queimadas, latifúndios de cana e gado, barragens travando rios e afogando ribeirinhos, águas outrora correntes estagnadas em represas anóxicas, lagoas despencando lamacentas sobre o povo morro abaixo, abates de matas ancestrais por motosserras insaciáveis, indústrias e carros escarrando fumaças, fuligens, resíduos sólidos, escórias gasosas, tudo feito em nome do progresso, mudaram os cursos, o clima e os ciclos da vida na Terra.

O tintureiro Alípio, quando não estava na lida com os fardos de roupas, dedicava-se às práticas de alquimia, aos estudos de filosofia e astrologia. Conservava na prateleira do quarto coleções de Atlas Geográficos e Globos Terrestres de variadas épocas e culturas.

Era uma aventura escutá-lo e acompanhar as ilustrações mostrando, ao longo do tempo, os continentes se desgarrando uns dos outros, como jangadas de pedra, até chegar no que é hoje.

— A Europa, Américas, Ásia, África, Oceania e Antártica se originaram por abalos sísmicos, que desestabilizaram as placas tectônicas, formando os sete continentes da Terra e seus respectivos oceanos.

Apontava eufórico as mudanças ocorridas no Globo em cada período geológico, folheando as páginas com mapas coloridos das enciclopédias de história natural e geografia retiradas da biblioteca do tio Procópio.

Diferentemente dos fenômenos físicos, que empurraram grandes territórios através dos hemisférios terrestres, a divisão do mundo em países, de acordo com seu pensar sugestionado pelo materialismo histórico, foi por causas mais humanas, não naturais, associadas à sede de poder e de riqueza, que fez o filósofo inglês Thomas Hobbes chegar à conclusão de que "o homem é o lobo do homem".

— A física, a química, a biologia e as ciências humanas explicam quem somos, como somos e de onde viemos, não Deus.

Embora descrente de quaisquer explicações místicas sobre a criação e os demais acontecimentos mundanos, Alípio não desprezava a leitura cuidadosa da Bíblia, da Torá, do Alcorão e de outros livros sagrados.

Ler o Antigo e o Novo Testamento em aramaico, hebraico e grego, as revelações de Alá a Maomé e os cinco volumes das Leis de Deus deixadas para o povo judeu no Monte Sinai, lhe dava os argumentos necessários para suas interpretações hereges de que os interesses de conquistas dos reis, papas, bispos, padres, rabinos, califas, sultões, paxás, xeques, xás, aiatolás, imãs, mulás e ulemás, emires, vizires, marajás, rajares, pastores, patriarcas e outros líderes religiosos distorceram totalmente os ensinamentos deixados por Jesus, Muhammad e Moisés.

Segundo o tio, esses profetas, sendo cínicos e avessos a toda ordem imposta, nunca tiveram a pretensão de fundar uma religião, fazer guerras, colonizar, escravizar povos. Muito menos, ganhar dinheiro com isso.

— A única ordem que devemos respeitar é a da natureza!

Justificava sua aversão a todas as doutrinas teológicas enumerando, na ponta da língua, a quantidade de mortos deixados pelas guerras santas.

Contra tudo e contra todos os crentes, Elídio arrematava a conversa com a frase do seu mestre preferido:

— A religião é o ópio do povo.

Os sobrinhos adoravam suas histórias. Ainda mais quando vinham acompanhadas de um Guaraná Champagne Antarctica, retirado quente ainda do engradado providencialmente escondido embaixo da mesa de passar roupas, cujas bolinhas gaseificadas em meio ao refrigerante faziam cócegas e adormeciam nossas bochechas.

Não sei o motivo pelo qual minha narrativa se desviou em devaneios incrédulos, materialistas e desesperançados.

A intenção inicial era descrever o percurso de Jesus, representado pelo grupo de jovens da Igreja de Nossa Senhora Aparecida de Melgaço, desde a sua entrada triunfal em Jerusalém no Domingo de Ramos, passando pela última ceia, a lavagem dos pés dos apóstolos e seu martírio até o calvário.

A encenação do Quadro Vivo, interpretada pelos artistas amadores, ao reviver a *via-crúcis* percorrida por Cristo, fazia chorar os fiéis que lotavam o interior da Basílica.

Logo após a apresentação, todos saíam em procissão, pelas ruas pedregosas ao derredor da igreja, rezando e ouvindo o canto da Verônica.

A cada batida da matraca, Sheilla, uma professora de piano do Conservatório Melgacense de Música, com sua voz soprano, cantava o cântico composto de notas doloridas, enquanto desenrolava o lenço estampado em sangue e suor com o rosto de Jesus.

Talvez, o meu propósito original tenha desatinado estimulado pela visão de um copo de cerveja sobre a mesa, fermentando bolhas a escalar o líquido até a espuma que separa a bebida do ar. Tal cena levou minha imaginação de volta ao aroma da bacalhoada, às floradas das jabuticabeiras, ao cheiro da neblina do ferro de passar roupas saindo da tinturaria.

Aquela casa portuguesa, onde vivi grande parte da minha infância e adolescência, teima em manter a posse de uma gleba localizada bem no centro do meu inconsciente mais profundo.

Se minha memória não estiver claudicando, aquela foi a última ceia que passamos em companhia do tio Alípio.

Na sexta-feira do mês seguinte, dia 17 de maio, recebemos a notícia de que ele tinha falecido, de repente, sem causa aparente, logo depois que um galo cantou três vezes.

Desse dia em diante, as malhações de Judas e aberturas dos ovos de Páscoa não tiveram a mesma graça.

O que restou na minha lembrança foi o seu caixão enfeitado com coroas de flores, coberto parcialmente com a bandeira do Corinthians: a única paixão pela qual ele era verdadeiramente fiel.

A Folia de Reis

Naquele ano, após os estrondos do rojão de três tiros, o mestre João Trindade arregimentou sua Companhia do Bairro Aparecida, entre as muitas que saíam com seus pavilhões pelas periferias e arrabaldes rurais de Melgaço, iniciando sua jornada de catorze dias, de 24 de dezembro até 6 de janeiro, em devoção aos Santos Reis.

Com vinte e cinco componentes, levando-se em conta o mestre, o contramestre, os tocadores de viola caipira, violão, rabeca, sanfona, cavaquinho e caixa de marcação, as vozes solos, os naipes de triple e contratriple, palhaços e seguidores devotos de Gaspar, Melchior e Baltazar, a agremiação do guia João Trindade era a maior das redondezas.

Antes de partir do sítio Santa Maria, ponto de encontro da comitiva, todos rezavam o terço pedindo proteção na caminhada.

Ouviam atentamente as orientações do capitão João Trindade sobre o itinerário a ser cumprido, os objetivos daquela cruzada santificada e o respeito a ser mantido ao adentrar as propriedades dos promesseiros.

— Bebidas só depois de terminados os trabalhos e de forma regulada.

Acautelava o mestre.

Pelo caminho, os componentes aproveitavam para afinar os instrumentos, aquecer a voz, andando em pequenos grupos pelas estradas poeirentas que ligavam pequenas roças, fazendas e vilarejos às beiradas da cidade.

Ajeitados em duas filas, estandarte e bastiões à frente, a Companhia se aproximou da primeira parada do itinerário planejado com antecedência.

Diante de um arco construído com bambu e folhas de bananeira, o grupo iniciou as primeiras evoluções em caracol, tocando somente os instrumentos.

Do lado de dentro da moradia, vizinhos, parentes e a família do dono da casa aguardavam fervorosos a chegada da bandeira.

Mestre João Trindade certificou-se que todos estavam a postos, pediu licença e começou a primeira cantoria:

Aqui chegou a Companhia
Nessa casa abençoada
Com a bandeira que anuncia
Santos Reis em sua jornada
Com a bandeira que anuncia
Santos Reis em sua jornada.

Seguindo a estrela do Oriente
Que de noite foi a guia
Até chegar na manjedoura
Com José e a Virgem Maria
Até chegar na manjedoura
Com José e a Virgem Maria.

Santos Reis pedem licença
Pelo sinal da cruz
Anunciando a presença
De Jesus que é nossa luz
Anunciado a presença
De Jesus que é nossa luz.

Seu Silvino, agradecemos
Essa bela acolhida
As bênçãos que aqui trazemos
É em troca de comida
As bênçãos que aqui trazemos
É em troca de comida.

Ao final da cantoria introdutória, os presentes abriram alas para a comitiva e o estandarte passarem.

Mestre João Trindade deu a bandeira ao Silvino, que a beijou ajoelhado diante dos cantadores. Todos os fiéis, em ato de respeito, também se puseram em genuflexão, até que o pavilhão adentrou os quatro cômodos daquela tapera de chão batido, espalhando bênçãos e graças por todas as promessas cumpridas.

Enquanto a bandeira era entronizada nos cantos da morada, os palhaços e bastiões ficavam do lado de fora aprontando estripulias, correndo como se fossem Herodes atrás das crianças que se escondiam assustadas, espantando galinhas, porcos e cachorros.

O guia João Trindade, do interior daquele ranchinho à beira-chão, passou a cantar sucessivas quadras, prolongadas pelos gritos estridentes dos triples e contratriples, anunciando que os votos da família estavam consumados, aproveitando, mais uma vez, para pedir comida e esmolas.

Por Maria e Jesus
Também pelos Santos Reis
A bandeira que nos conduz
Pede uma esmola pra vocês
A bandeira que nos conduz
Pede uma esmola pra vocês.

O que puder ser ofertado
Boi, galinha, porco e bebida
Recebemos de bom grado
Pela graça recebida
Recebemos de bom grado
Pela graça recebida.

Agradecendo os de casa
E também vossa presença
Pra parar a cantoria
Santos Reis pede licença
Pra parar a cantoria
Santos Reis pede licença.

Com a licença concedida, a Companhia apeou os instrumentos.

Gritos de vivas foram proclamados pelo dono da casa:

— Viva Santos Reis!

— Viva!

— Viva Jesus menino!

— Viva!

— Viva a Virgem Maria!

— Viva!

Logo após, o mestre João Trindade repostou:

— Viva Seu Silvino!

— Viva!

— Viva toda a Família!

— Viva!

Um panelão cheio de bolinhos de carne foi posto à mesa, com um garrafão de vinho, água e cachaça.

A Companhia e os presentes comeram e beberam até o mestre João Trindade anunciar que era dada a hora da partida, pois a jornada se avistava longa.

Os componentes apanharam seus instrumentos. Uma última cantoria foi entoada.

De saída daquele ponto de parada, o guia puxou as quadras, reforçou pedidos de oferta, agradeceu o recebido e distribuiu bênçãos:

Deus lhe pague, Seu Silvino
O sacrifício do ofertório
Abençoe, Deus menino
Essa casa e o oratório
Abençoe, Deus menino
Essa casa e o oratório.

Enquanto a Companhia executava essa primeira estrofe, os presentes prendiam notas de dinheiro no pavilhão enfeitado com a imagem do presépio, flores de plástico, fitas coloridas, fazendo pelo sinal da cruz.

Ao pé do ouvido, o fazendeiro doutor Herculano, que também era juiz e delegado no exercício de prefeito, cochichou ao bastião a doação de uma leitoa.

O marungo deu um pulo desengonçado no ar e gritou:

— Uma leitoa!

Imediatamente, o capitão improvisou uma quadra:

Jesus Cristo é muito grato
Ao Herculano e sua patroa
Abençoamos o seu pasto
Em troca dessa leitoa
Abençoamos o seu pasto
Em troca dessa leitoa.

— Seu Honório e família doaram uma galinha!

Berrou outro palhaço.

Seu Honório e família
Que Jesus lá da lapinha}
Lhe abençoe todo dia
Pela oferta da galinha
Lhe abençoe todo dia
Pela oferta da galinha.

Visivelmente emocionado, seu Honório, acompanhado da esposa e filhos, pediu para segurar a bandeira.

Soluçando em lágrimas, agradeceu pela promessa cumprida.

Após quase três horas de cantorias, trocas e adorações, os bastiões recolheram as prendas ofertadas.

A Companhia deixou a casa do Silvino em direção a mais quatro endereços, que fechariam os deveres do dia, até apoitarem na Fazenda Santa Rosa, onde o dono, Seu José, ofereceu janta e pouso aos devotos de Santos Reis.

De manhãzinha, em seguida aos agradecimentos de praxe, a comitiva do mestre João Trindade saiu pelas estradas, cumprindo a rotina, cuidando para que nenhuma casa ficasse sem a visita da bandeira.

Muitas vezes, a Companhia foi parada no caminho por algum pagador de promessa, cuja morada não constava do giro. Ajoelhava e beijava o pavilhão, agradecia as graças concedidas, sob os olhares pacientes do mestre e seus foliões.

Devido a esses atrasos inesperados, em algumas residências, o cerimonial teve que ser simplificado, as quadras dos cantos reduzidas, para que todas as famílias inscritas pudessem pagar seus precatórios aos Santos Reis e ao Menino Jesus.

Como de costume, a jornada da Companhia do mestre João Trindade se encerrou no dia 6 de janeiro à tarde, no boteco do Veloso.

A rua, toda enfeitada com adornos confeccionados pelos moradores, foi fechada com dois cavaletes doados pela prefeitura.

Mestre João Trindade puxou um terço em agradecimento ao bom curso daquele ano, prestou conta do dinheiro recolhido, que foi entregue às famílias mais desamparadas.

Promessa cumprida, a festa transcorreu com fartura e animação, ao som de vivas e estrondos de rojões.

A Matinê

Domingo era dia da matinê no Lumière.

O prospecto com a lista de filmes trazia poucas opções.

Devido à distância dos grandes centros, os rolos disponíveis, quase sempre repetidos, ficavam várias semanas em cartaz.

As Aventuras de Tarzan, personagem interpretado pelo incomparável Johnny Weissmuller, *O Professor Aloprado* com Jerry Lewis, alguns faroestes italianos, cujo galã Giuliano Gemma provocava furor nas moçoilas, quando aparecia em cenas de duelos contra bandoleiros, facínoras, salteadores e pistoleiros mal-encarados, além das chanchadas do Oscarito, Grande Otelo e do Mazzaropi, figuravam entre os mais exibidos.

Não perdia um zigue-zague do Tarzan.

Não pelo motivo que você, contemporâneo leitor, deva estar imaginando — seu grito gutural chamando os animais da floresta para salvá-la contra predadores inescrupulosos e contrabandeadores de marfim —, mas pelo tão aguardado momento, onde O Homem Macaco contracenava com sua mocinha:

— Me Tarzan, you Jane.

Nessa altura da película, nós, mancebos com o sexo saindo pelas orelhas, atingíamos o ápice.

Admirar a moreninha Maureen O'Sullivan ou a loiraça Brenda Joyce estendidas andrajosas e provocantes por sobre a tromba de um elefante, ou, então, abandonadas nos braços do herói adâmico, estimulava testosteronas para sessões de punhetas durante toda a semana.

Pobres das lanterninhas ou do projetista, caso a fita quebrasse e as lâmpadas da sala de exibição acendessem interrompendo o clímax da trepada imaginária.

Nos intervalos das masturbações alucinadas, a vontade de acelerar o tempo, a fim de que chegasse logo o aniversário de dezoito anos, impunha-se como o maior dos anseios da turma.

Nem mesmo a obrigação de alistamento no Tiro de Guerra tinha força suficiente para persuadir os quase rapazes do firme propósito.

Ser "de maior" significava a carta de alforria na mocidade, autorizando cada moleque a se desvencilhar das fantasias eróticas duvidosas e penetrar de vez na idade da luz.

Entrar em filmes proibidos, com cenas de sexo explícito, picantes, ensejava a oportunidade, que só o enquadramento em deslocamentos do cinema permite, de cursar uma escola, em cinemascope colorido, de posições, movimentos, toques, passadas de mão, língua e jeitos de fazer uma mulher gozar.

O letreiro daquela domingueira anunciava Os Três Patetas protagonizando *Os Reis do Faroeste*.

Assistir Larry, Moe e Curly, que, em algumas comédias, teve que ser substituído pelo Shemp, era diversão garantida.

O pai dava o dinheiro contado para a entrada. O troco que sobrava só permitia três Chitas e duas Sete Belo.

Diamante Negro e Laka, nem pensar.

Antes de começar o filme, brindava-se a plateia com a projeção imperdível do Canal 100, com suas lentes em zoom pegando em câmera lenta lances do Garrincha, Pelé, Doval, Tostão, Rivelino, Zico, Roberto Dinamite, Edu, Fio Maravilha, Paulo Cesar Caju, Jairzinho, Ademir da Guia, Enéas, Pedro Rocha, Dario, Arturzinho, Adílio, Afonsinho, Dirceu Lopes. Um plantel de craques que fazia vibrar a galera preta, pobre, favelada e desdentada da geral do Maracanã.

Completava a programação, após o longa-metragem, o seriado Batman e Robin, interpretados pelos suspeitos Adam West e Burt Ward.

As roupas e trejeitos desses heróis deixavam dúvidas na molecada em relação à masculinidade dos personagens e atores.

Reconhecer um boiola ou uma sapatona, naquela época, só em grandes aberrações praticadas em esquinas, pontos de encontros em becos mal iluminados e promíscuos de Melgaço.

Aparecida

Aparecida, embora levasse um dos peditórios da mãe de Jesus, e mesmo sendo a única virgem condecorada, desde a fundação da Comarca, com o título de Padroeira da cidade, vivia esquecido pela administração da prefeitura.

Originário da Fazenda dos Ingleses, o bairro foi criado após incorporação do terreno no perímetro urbano do município.

Depois de serem anexadas, as terras foram desmembradas em lotes de 125 metros quadrados, sobre os quais se edificaram edículas populares amontoadas umas às outras.

As vivendas, sonho de casa própria da maioria dos imigrantes, única chance de se livrar do aluguel cobrado pelos donos da Cerâmica que, para atraírem mão de obra barata, ofereciam moradias-dormitórios em uma região afastada, na planta, eram todas meias-águas.

Cada mutuário da Caixa, futuramente, de acordo com suas economias, reformava, construía puxadinhos e outras ampliações no intuito de adequar o imóvel ao tamanho da necessidade. No fim, em função dos modestos recursos e juros acachapantes cobrados pelo Banco, não dava para remodelar grandes coisas.

Os espaços e os terrenos ficavam muito espremidos, parede com parede.

Tudo que se falava na cozinha, na sala, o que era feito no banheiro e no quarto podia ser ouvido pelos vizinhos, dando conversa para mais de metro.

A propósito de ninguém se enxerir na vida privada e espalhar mexericos maliciosos, as discussões dos problemas do lar, ruídos, gritos e gemidos deveriam ser contidos, abafados.

Jürgen e Marta

Jürgen e Marta não ligavam nem um pouco para a língua do povo.

Descuidados, transavam por sobre a mesa, no tanque, na pia, no sofá da saleta, no chão, com a janela aberta, ao ar livre, em qualquer lugar.

Vindo da Baviera em 1941, Jürgen, um cavalo de raça alemão, tanto no sentido do vigor físico quanto no tamanho generoso da sua genitália, era amarrado na Preta.

A despeito da descendência de filiados ao Partido Nacional Socialista dos Trabalhadores Alemães e ter frequentando por um tempo a juventude hitlerista, resolveu sair da Alemanha por não concordar com o holocausto dos judeus e com os métodos cruéis dos Campos de Concentração contra mulheres e crianças. Além disso, tinha conhecido Marta em um carnaval da Bahia.

Apaixonou-se por ela, pelo jeito extrovertido, natural e afrouxado do povo da terrinha, decidindo, por esses motivos, abandonar a pontualidade germânica irritante, o frio, as formalidades, tudo, em nome dos novos amores.

Como sempre trabalhou como ajudante do pai numa oficina em Rothemburg, cujo movimento avolumava em épocas de guerras, instalou em Melgaço um negócio tal-qualmente ao do ramo familiar.

Sua mecânica fazia de tudo: parte elétrica, regulagem de motores, troca de óleo, freios, amortecedores, serviços de borracharia, recauchutagem de baterias, balanceamentos de rodas e pequenos reparos de funilaria e pintura. Até ajustes de ferraduras dos cavalos puxadores de charretes, se requeridos com jeitinho e com paciência pelos solicitantes, Jürgen dava um trato.

Bonachão, sempre de bom humor, principalmente após as noites e dias de afagos com Marta, fazia fila com a molecada, dando voltas em volta do quarteirão, dois a dois, abancados na caçamba da sua motocicleta BMW

R75, única lembrança que fez questão de trazer da Alemanha dos tempos da guerra.

Marta, negra machucha, positiva, de meia-idade, bisneta de ancestrais traficados de Luanda, morou em uma Comunidade Quilombola do Sul da Bahia, mudando-se para Salvador assim que ficou moça.

Acolhida pelo clã dos Magalhães, ajudava nos afazeres da Casa-Grande com outras quinze descendentes de escravos que faziam de tudo, especialmente cozinhar.

As mucamas a adotaram, ensinando técnicas da culinária do tabuleiro baiano, a levando ao terreiro Ilê Iyá Omi Axé Iyamassê, onde conheceu Mãe Menininha do Gantois, às festas do Pelô, à lavagem das escadarias de Nosso Senhor do Bonfim, nos terços da dona Canô e na quadra dos Filhos de Gandhi.

Foi em um dos ensaios que conheceu o rapaz branquicelo e desengonçado. Dois anos depois, o acolheu como seu amante.

Mudaram-se para o bairro encorajados por uma amiga baiana, que tinha se mudado pr'ali em busca de emprego, sossego e negócios bons. Aproveitando de um pé-de-meia, os dois, Jürgen e Marta, financiaram o imóvel, embarcando de mala e cuia em direção a Melgaço.

Ali se casaram e viveram, sem filhos, uma eterna lua de mel.

A Preta era prendada e seu gringo não tinha preguiça de nada.

Com disposição de cem cavalos, tanto para o trabalho quanto para aprender os molejos das gafieiras, xotes, as gingas do forró, a se comunicar em português, a ser agradável e praticar artes de camaradagens, o Alemão cativou a vizinhança rapidamente.

Seu gênio e a cortesia da Marta ao distribuir seus quindins, acarajés, pedaços de bolos de fubá, cocadas para os mais acercados, além do medo ressabiado de atiçarem algum despacho ou amarração sobre quem se intrometesse na vida do casal, deixavam a circunvizinhança bem tolerante com seus uivos, gemidos e orgasmos a qualquer hora do dia ou da noite.

Após intermináveis suspiros, urros e uis, um silêncio.

Uma cantiga vinda no vento enlaçava as coxas fartas de Marta à corpulência de Jürgen, desde o chão da senzala até a alcova de núpcias daquela casinha em Melgaço.

Era apenas o alvorecer.

Nobres Edis

Naquele tempo, incluir glebas rurais na zona urbana demandava dos proprietários pagamento de pedágio para o prefeito e os nobres edis da municipalidade.

O jabaculê, calculado de acordo com a metragem da área, devia ser liquidado, antecipadamente, por intermédio das empresas incorporadoras junto aos vereadores.

Caso os empreendedores recusassem a enviar a mala, emendas de proteção ambiental, de secessão de áreas dominiais além daquelas já exigidas pelos códigos sanitários e de restrições arquitetônicas para edificação das obras eram incluídas, tornando o empreendimento não lucrativo aos olhos dos especuladores imobiliários.

Dependendo da combinação, da quantia da propina paga, algum membro da bancada do prefeito, além de retirar as exigências, solicitava urgência para o Projeto de Lei andar mais rápido, desde a tramitação até sua aprovação pelo plenário:

— Quem estiver contra se manifeste, quem for a favor permaneça como está.

— Aprovado!

Encaminhar matérias de interesse público, somente com muita pressão dos envolvidos. Mesmo assim, as anuências da Prefeitura e da Câmara Municipal de Melgaço para as reivindicações populares ficavam, quase sempre, engavetadas à espera da próxima eleição.

Como consequência de tais cambalachos, a região da Aparecida padecia pela carência de asfalto, água encanada, esgoto, posto de saúde, escolas, creches, ônibus urbanos, iluminação aclarada, coleta de lixo, praças de esporte e outras benfeitorias.

Tabica

Os espaços de lazer da comunidade se restringiam ao Bar do Veloso, com seus galpões de bocha, o corredor de malha e as mesas de truco; outro boteco pouco frequentado, devido ao fato de seu proprietário ser um japonês descendente de nisseis migrados do norte do Paraná; uma paróquia católica que emprestava seu nome ao bairro; um templo evangélico da Congregação Cristã do Brasil; outro da Presbiteriana Independente; mais um da Igreja Batista e da Assembleia de Deus; um Terreiro de Candomblé; e um salão que era utilizado pelo Centro Espírita Divina Luz. Clandestinamente, e somente para os camaradas insuspeitos e seletos *habitués*, estabeleceu-se na redondeza uma rinha de Galos de Briga e uma banca de Jogo do Bicho, ambas bem frequentadas.

Nas residências da Aparecida, com raras exceções, os animais disputavam espaços com os titulares, inquilinos e agregados.

Todo mundo tinha cachorro, gato, criação de galinhas, coelhos, pato, porco, angola e até cabrito no seu quintal.

Afora esses animais domesticados, mais afeitos a satisfazer suas necessidades de alimento e repouso no espaço peridomiciliar, nos terrenos vazios, intercalados entre uma esquina e outra, ruminavam vacas, cavalos e éguas de alguns carroceiros.

Melgaço, naquela época, guardava em suas cercanias resquícios de mata com árvores de variedades diversas que, ajuntados os cajueiros, pés de laranja, tangerinas, mamão, pitangueiras, mangueiras, jabuticabas, goiabeiras, pés de seriguela, jenipapo, jatobá, amora, jaca, abacateiros, bananeiras, gabiroba e outras espécies frutíferas cultivadas pelos moradores, mantinham naquele rincão um viveiro de aves, animais silvestres e flores.

No mês de junho se principiava o Ipê-roxo.

Julho, a vez do amarelo.

Em agosto, desabrochavam o rosa e o branco.

As paineiras exibiam seus abotoamentos em abril, reservando os meses sem erres às floradas das jabuticabeiras.

Cada uma em sua época e estação.

Pequenas variações decorrentes do regime das chuvas, umidade, calor, vento e frio poderiam ocorrer, mas nada que alterasse significativamente os ciclos da vida.

O tempo transcorria cronometrado assim...

A fartura do lugar instigava a molecada a erguer armadilhas, paus-de-visgo, arapucas em meio aos coloniões ou às margens de um remanso, na espreita de que algum pássaro canoro viesse pinicar a quirela, o arroz e o alpiste arrumados estrategicamente ali.

Bicudos, coleirinhas, pássaros pretos, tizius, curiós, canários-da-terra, do-reino, sabiás e cardeais eram os mais cobiçados pelos caçadores de bichinhos de estimação.

Capturar um desses exemplares indicava um troféu a ser exibido nas manhãs de domingo, quando os meninos passeavam com suas gaiolas pelas ruas periféricas em disputas de torneios de canto.

Cada qual tinha um nome, linhagem, um segredo de amor.

Codornas, fogo-apagou, pombas-de-bando, galegas, juritis, rolinhas, além dos empesteados pardais, para treinar a mira, eram abatidos com estilingues.

Com o embornal cheio de pedras, bolinhas de saibro confeccionadas com capricho, mamonas e outras munições pesadas, a leva se embrenhava por dentro do mato, com foices e facões, abrindo picadas entre arranha-gatos, cipoais e galhadas.

Imaginando ser Fernão Dias, um Raposo Tavares, o Anhanguera, Jorge Velho, Bandeirantes heróis dos livros de história, o bando se dividia na emboscada tensa e demorosa, antes de disparar os seus bodoques.

As atiradeiras, confeccionadas com forquilha de arbusto, duas bandas de borracha cortadas da câmara de ar do pneu de bicicleta e uma malha de couro, levavam em sua haste principal o histórico das pontarias certeiras do seu arcabuzeiro.

O anu, pássaro de canto agourento, carregava a sina de ser perseguido pela gangue devido ao seu poder mágico, de encantamento.

Corria uma lenda, contada através dos séculos, de que caso alguém matasse uma ave dessa, a de penas cor de tição, retirasse seu coração e, quente ainda, o atirasse no corpo da donzela amada, imediatamente ela ficaria presa, pelo resto da vida, ao seu encanto.

Nunca ninguém da Vila conseguiu executar tal feitiço.

Loretta e os anus sempre foram muito ariscos.

Tabica era o galinho de estimação do Zé Ribeiro.

Comiam a dois, dormiam juntinhos e caminhavam pelas ruas de terra, um ao lado do outro, inseparáveis.

Quando chegou ao bairro a rinha de Galo de Briga, a turma, curiosa em descobrir aquele lugar frequentado só por adultos apostadores, fez uma vaquinha e convenceu o amigo a chamar para luta o carijó mais famoso das adjacências, cujo galista, Juan Diego, espanhol de quem os antepassados haviam sido assassinados por Franco em Guernica, não enjeitava nenhum duelo, ainda mais sendo barbada.

No dia marcado, lá estava o Bruxo.

Um Galo da estirpe *Aseel*, atarracado, pesando 4 kg, com plumagem rubra, de fogo puro, filho de Kawazaki, um procriador vendido por 10 mil dólares a um rinhadeiro da Bolívia.

Bem no cantinho, sem saber o que estava fazendo ali, naquele ringue, o Tabica com sua penugem branca como quem vai sair a passeio.

Assim que o juiz autorizou os donos a soltarem seus combatentes, o Bruxo, com suas adagas, bico e esporas enormes afiadas, os olhos vermelhos em sangue, partiu a mil para cima do distraído Galizé, coitado, que nem tinha acabado de lixar suas unhas.

Com sede de esgoelar o oponente num golpe só, a gana do indiano foi tanta que, no exagero, tropeçou em um buraco da rinha e foi capotando em direção ao Tabica.

A fim de não causar um abalroamento mais sério, politraumatismos no desconhecido, o galinho do Zé Ribeiro, educado que era, levantou os pezinhos de modo a evitar o acidente.

Não percebendo que aquele galo afoito, que não se apresentou e nem quis saber seu nome, tinha batido a cabeça na grade de proteção, ficando desacordado, o Tabica arriou seus aguilhões em direção ao chão e, sem tenção de ferir, atingiu em cheio os dois olhos do campeão.

Foi o fim do desafio.

Com o rei do seu plantel de galináceos tucado, restou ao Juan colocá-lo na panela de pressão, com umas folhas de *ora-pro-nóbis*, quiabo, cebola, alho, pedaços de espigas de milho. No fogo baixo, preparou a mais saborosa galada caipira que Melgaço já havia experimentado.

Tal acontecimento, narrado até hoje nas rodas dos botecos daquela jurisdição, só comprova que crista levantada e bela plumagem não ganham rinha, não vencem eleições nem campeonato antecipadamente.

A Mula sem Cabeça

Recortando as matas de Melgaço, o Borazinho descia com suas águas cristalinas cheias de pedras ao fundo.

O riacho era tão limpinho que dava para matar a sede com a concha da mão.

Lambaris, mandis, dourados, piauçus, bagres, traíras, curimbas, barbados, pintados e uma variedade de outras espécies de peixes povoavam suas lentas corredeiras.

A turma tinha o costume de, às tardezinhas, ir para a barranca do corgo pescar e passar umas horas desfadigantes.

Cada um, dependendo da preferência de fisga, levava sua tralha com varas e iscas apropriadas para cada ocasião.

Macarrão cozido cortado miudinho, milho verde fresco e sagu de mandioca eram as preferidas na pega dos lambaris.

Tuviras, enguias e piaus serviam para apanhar dourados na vara sem chumbinho.

Se o dia estava para os bagres, catava-se as minhocas.

Já, quando o tempo estava de acordo com os curimbas, para atrair os papa-terras, se preparava um chamariz de barro escavado do formigueiro, misturado com açúcar e banana amassada, colocando no anzol pedaço de fígado, tripa ou coração de animal, sem esquecer de deixar sua ponta bem afiada exposta.

Pescar curimba exige muita paciência e astúcia por parte do pescador.

Só depois de muita ceva e linhas perdidas se adquire a ciência necessária no trato com esse bicho manhoso.

Arisco, ele demora para morder o anzol.

Antes disso, rodeia a linha, faz balançar várias vezes a vara, enganando o postulante ao título de Rei do Rio que, na pressa de agarrar a presa, puxa o caniço estabanadamente espantando o tinhoso.

O certo é armar uma fieira de varas, arrumar bem arrumadinhas as fisgas, ficar na espreita por horas a fio, bem quietinho, ouvindo o cantar dos pássaros, o voar das garças, o rugido dos bugios, enquanto se dá, espaçadamente, uma tragada na garrafa de cachaça a fim de afugentar os borrachudos.

Para quem gosta, enrolar um "paiero" ajuda a manter a calma e esperar o momento certo de dar o bote.

Como ensina a moda de viola: "*pra pegá peixe dos bão, dá trabaio e a gente soa*".

Foi numa quinta à tarde, já era quase o anoitecer, contava o mês de agosto.

Só se ouvia um silêncio estranho naquela vazante do rio.

Nenhum vento, nenhum pássaro a cantar, apenas o coaxar dos sapos a pressagiar um infausto acontecimento.

A turma estava há mais de horas tentando fisgar alguma coisa e nada.

Os peixes não saíam de suas locas por trato nenhum.

Até aquele instante, as únicas coisas tiradas do leito foram galhadas, uma batelada de taboa, um sapatão, uma rede enroscada numa vara de pescar e um saco de cebola cheio de restos de comida, além de um armau chorão que, segundo dizem, traz azar a quem o captura.

Dava o tempo de ajeitar os apreparos e levantar acampamento.

De repente, na outra margem, bem de onde não dava pé, se ouviu um relincho estridente, chegando cada vez mais perto.

Quando deu na vista, era uma mula sem cabeça a galope sobre as águas, cuspindo fogo pelo pescoço e vindo em direção dos barranqueiros.

Sem calcular o perigo que estava correndo, Pé de Mesa arremessou sua varinha de bambu no prumo daquela besta descabeçada, a prendendo pelo rabo.

A mula, cada vez mais enfurecida, espirrava labaredas com mais de cinquenta metros de altura, pulava e dava coice para tudo quanto é lado.

Por pouco o Chico não foi atingido bem no meio do peito.

Passadas umas duas horas da laçada — e o Pé de Mesa firme, segurando —, a possuída parou de saltar, seu fogo foi apagando lentamente, até ela arriar suas quatro patas de prata.

Ao longe, se ouvia o terceiro cantar de um galo.

Como se quebrasse um feitiço, aquela fera lucifenta se transformou em mulher.

Passados uns meses, correu a notícia que a maldição tinha sido lançada sobre uma moça com promessa de noivado.

Espalhou-se pela cidade que ela, antes de cumprir o prometido de se resguardar para o pretendente, se amasiou com um padre. Por causa disso, recebeu tal esconjuro.

A jovem e o noviço nunca mais foram vistos pelas redondezas.

A turma, assustada, não voltou a pescar pelo resto da vida naquele riacho piscoso e remanseiro.

Suas águas começaram a ficar turvas, malcheirosas e lerdas.

Zayn e Migueljuana

Zayn, apelidado de Turco, às vezes de Libanês, outras de Judeu, como também de Árabe e até de Xiita pelas pessoas do bairro ignorantes nas questões étnicas, religiosas dos povos e tribos que guerreiam entre as colinas, desertos e campos de petróleo da Terra Santa, era o gerente da banca do Jogo de Bicho.

Mantinha uma loja de armarinhos em frente à sua residência que, além de botões, alfinetes, agulhas, carretéis de linhas, papéis de seda, impermeável, crepom, celofane, apliques, strass, tiras de todas as larguras, comprimentos e cores, grampos, fitas métricas, sianinhas, viés, gorgorão, ilhós, cós, elásticos e outros aviamentos, vendia de tudo.

As fezinhas nas dezenas, centenas e no milhar sonhadas pelos fregueses, por meio de uma infinidade de métodos de se adivinhar o número da sorte, formavam os artigos com mais saída na birosca do Zayn.

O negócio corria bem, até que foi eleito em Melgaço um alcaide da UDN que marcou época.

Com seu discurso eloquente contra a corrupção, prometendo caçar marajás da prefeitura e artimanhas populares bem calculadas de comer pão com mortadela e Cotuba nos botecos, pastel de carne no mercado, pegar criancinhas remelentas no colo, venceu o pleito daquele ano com ampla vantagem sobre os adversários mais à esquerda.

Ao tomar posse, o alcaide decretou o fechamento das rinhas de galo, a proibição do jogo de bicho, a censura do uso de biquínis nas piscinas públicas, do traje de maiô nos concursos da rainha da Festa do Peão e do uso de vestimentas caipiras nas quadrilhas juninas.

Argumentava em defesa de suas farolagens buscar proteger animais, combater preconceitos contra mulheres e imagens estereotipadas do caipira imortalizadas pelo personagem Jeca Tatu, de Monteiro Lobato.

De quebra, também condenou o uso de lança-perfume nos festejos de Momo, demitiu o uso de gerúndios do ensino de português nas escolas municipais, tornou ilegal a abertura de estabelecimentos que vendiam bebidas após às oito horas da noite, coibiu os feirantes de gritarem nas feiras livres e ainda condecorou Che Guevara e Yuri Gagarin.

O jeito encontrado pelo Turco e sua freguesia foi o de partir para a clandestinidade, até a poeira assentar.

O novo lugar para armar a banca, cautelosamente escolhido, foi o boteco do Naoki.

Aproveitando o espaço ermo, pouco frequentado, devido à desconfiança dos italianos, portugueses, espanhóis e brasileiros em relação aos japoneses, da existência de uma mesa de sinuca nos fundos e de uma máquina de Karaoke, o banqueiro Barão de Drummond, famoso também pelo título de Pascoal da Portela, aprovou o ponto.

Ficou combinada a comissão, sobre o total do arrecadado no dia, para o proprietário do estabelecimento, além da garantia de que o local seria bem frequentado.

Estava até programada a visita da Duquesa de Kent, de autoridades ilustres e outras pessoas colunáveis ao ensaio da Escola de Samba, recém-fundada no bairro.

O movimento corria de vento em popa, com os apontadores anotando e pagando as apostas nos quatro cantos da cidade, resultado no poste, sem ninguém incomodar, na moita, inclusive com a anuência do delegado, que sempre fechava a dupla dos grupos 9-10-11-12 e 93-94-95-96.

A parada complicou quando, sem o consentimento do Barão e do Zayn, a rapaziada deu bobeira.

Começaram a misturar alhos com bugalhos, arroz com macarrão, uma coisa com outra coisa, a chupar manga com leite, lavar a cabeça menstruada, abrir guarda-chuva dentro de casa, derrubar sal no chão, a deixar o chinelo virado, a passar por debaixo da escada, quebrar espelhos, chutar gato preto e dar mole pra caguete.

Se não se tem profissionalismo, todo negócio gora.

Diz o ditado:

— Malandro é malandro, mané é mané.

Naoki, o japonês que alocava o ponto, zeloso em cultivar hortas, ganhou umas sementes do Migueljuana. Ingenuamente, plantou os grãos em meio às couves, alfaces, rabanetes, tomates, beterrabas, salsas, cebolinhas, alecrins, tomilho, agrião, hortelã, rúculas e outras hortaliças.

Tratada só na base do adubo orgânico, poda certa e regada todo dia, a plantinha foi crescendo tão vistosa que, rapidamente, se transformou em um tremendo matagal.

Aí, foi pintando sujeira.

Os homens desconfiaram.

Deram um bote perfeito.

Todos que estavam no recinto foram direto para a delegacia, presos em flagrante delito.

Alguns tomaram sacode, tapas, pontapés, pescoção.

Foi a maior confusão.

Clementino, para se safar das porradas, pau-de-arara, choque elétrico, pimentinha, afogamento, da cadeira do dragão e outros apertos, foi logo entregando o serviço, apontando seu dedo de seta para o Migueljuana.

Quando os federais chegaram para fazer a acareação, o Miguel, dando uma de Migué, lembrando-se de um samba do Bezerra da Silva, adiantou o expediente e foi logo dizendo:

— Doutor! Não sou agricultor, não tenho nada com isso, desconheço a semente.

O Campinho

Em um único terreno baldio da Estância Aparecida, abandonado pelo dono e pelo poder público, a molecada, após invadir a cerca de arame farpado da propriedade do Pelado, tombar quatro toras de eucaliptos, lenharam as madeiras e improvisaram as balizas do campo de terra da Vila.

Essa ocupação foi de grande proveito para toda a comunidade.

Além de livrar a área desocupada dos entulhos, montanhas de lixo com gatos e cachorros mortos, cobras e lagartos, sobras de construções, provas escolares, seringas, modess, camisinhas, resíduos hospitalares, pneus e outros materiais em desuso, o mutirão de limpeza, organizado e executado pelos praticantes de futebol amador, preveniu muitas doenças transmitidas por mosquitos, baratas, ratos e acidentes com animais peçonhentos.

No dia da inauguração, descerraram uma placa de latão, em homenagem ao Professor, pichada com as seguintes insígnias:

Estádio Varzeano Feras do Saldanha.

Uma obra da facção CP330.

15 de novembro de 1970.

Nesse dia, ouviram-se muitos rojões em Melgaço.

Por qual razão voltei a este cômodo?
Que corrente marítima me trouxe de novo a esta casa,
onde nos abandonamos
nas longas tardes iluminadas
por janelas entreabertas?

Fernanda

Tudo o que fiz — minha adesão ao materialismo histórico, o quase desinteresse pelo futebol, as noites de sono perdidas com panfletagens em portas de fábricas, o empréstimo do carro para comitês eleitorais, a perda de amigos devido à insistência com talões de rifas em épocas de campanha e o fato de não ter olhos para mais ninguém — foi por uma só razão:

— Fernanda.

Desde o momento em que a vi exuberante, me amarrei no seu calcanhar.

Ela me apareceu envolta num Dener Pamplona preto, que deixava à mostra, na frente, espaços suficientes para o despertar de impulsos kleinianos bons e, atrás, recortes ousados, acentuando curvaturas e profundidades.

Nada em Fernanda era indiferente.

Invadia lugares masculinos com altivez e ternura combinados.

Quando expressava convicções, não havia quem não se entregasse, mesmo discordando dos argumentos.

— Era de cair o queixo!

Tente pensar no que daria a voz da Maysa, entoando *Ouça*, no corpo de Leila Diniz.

Era assim:

— Escandalosamente bela, convincente.

Recordar Fernanda desperta isso:

— "*Quando a lembrança com você for morar...*"

Voltando ao assunto, meu desejo já se tornara incontido.

A cada reunião, trabalhos — quando éramos escalados juntos —, a vontade de tomá-la, de me confundir com suas delicadezas ficava mais perceptível, sem disfarces.

Fernanda, não obstante atirada na conduta militante, além de ser oito anos mais experiente do que eu, permanecia discreta e tímida nas coisas do amor.

A iniciativa estava por minha conta e risco.

Aconteceu no dia 1º de maio, em um comício no Eixo Central.

Ela estava irradiante.

Uma bandeira vermelha nas mãos.

Vestia um jeans desbotado, surrado.

Os cabelos negros largados.

Nada no rosto.

Nenhuma pintura maquiando as nuances dos seus olhos, face e boca.

Uma garoa fina estampava sua pele na camiseta branca, básica, realçando transparências.

Aproveitei o momento de maior entusiasmo do orador — não sei se era o Brizola, Teotônio Vilela, João Amazonas ou Arraes —, a euforia do público e lhe roubei um beijo aprisionado, trêmulo, molhado.

No caminho de volta não trocamos olhares, nenhum comentário, até o momento em que a deixei próximo à sua casa.

— Avancei o sinal?

Remoía sozinho.

Na despedida, Fernanda abriu a porta, atravessou a frente do carro, se insinuou por entre o vidro do motorista.

Estava preparado para qualquer gesto, um tapa, um desaforo, ou até nunca mais.

De repente, o inesperado...

Um beijo encharcado de soluços.

— Por que me deixou esperando tanto, esperando... e mais, mais...

A noite permanecia muda.

Sussurros seguidos de um longo vazio...

Instante em que a alma se perde no tempo.

Não conseguindo separar o que sai de dentro do que vem de fora, abandonamos nossos corpos ao silêncio: a única forma de expressar o não dito, o sentimento que nos invade quando estamos a um milímetro do chão.

Nosso amor aflorou sem palavras, juras ou explicações.

Depois desse dia, o que estava represado transbordou, tornou-se público.

Embora o trato de Fernanda e Vladimir fosse de conveniência mútua, para cumprir tabela — ninguém ignorava isso —, segundo avaliação da Direção, a explicitação de um triângulo, em meio a tantas tarefas urgentes, poderia atrapalhar decisões, análises isentas, ocasionar rachas no grupo.

A fim de proteger a Causa, a resolução unânime foi a de me remover para longe, onde os acontecimentos da vida privada do Comitê não chegassem de ônibus, pelo subúrbio, de lotação, muito menos por intermédio da língua de alguém.

Não quis adiantar a relação protocolar do casal porque sou ciente dos seus escrúpulos de *voyeurismo*, e por não desejar transformar esse enredo num *reality show*, igual a tantos que dominam o ibope noturno das TVs.

Na primeira vez em que estive com Fernanda, naquele aniversário do Vladimir, já detectei algo estranho entre os dois.

Todo o entorno da casa apontava para um matrimônio de ocasião.

Sua arquitetura, projetada pelo Oscar, a partir do projeto feito por Juan O'Gorman para a mansão de Frida Kahlo e Diego, deixava à vista quartos, banheiros, espaços íntimos separados, unidos por uma passarela de concreto suspensa incapaz de esconder distâncias.

Encontros com hora marcada, entremiradas frias desprovidas de ternura, formalidades excessivas, diálogos automáticos, carícias carentes de espontaneidade, tudo isso chamava a atenção.

Em que pesem todas essas observações — tenho que concordar —, o nosso afastamento foi a opção acertada.

A barra ficava pesada quando os três estavam na mesma reunião.

Para mim foi até bom.

Além de organizar minha base, aproveitava o dia atendendo no posto de saúde onde cumpria meu estágio.

Recordo de uma segunda-feira que amanheceu chuvosa.

Depois de um domingo cinzento e triste — a nossa seleção do mestre Telê Santana, de Sócrates, Zico e Falcão, tinha acabado de perder da Itália por três a dois, adiando o sonho do tetra para a Copa do México —, acordei sem a mínima disposição de ligar o fusca e embarcar para a Vila União.

Se pudesse, imploraria como Noel:

— *"Sol, pelo amor de Deus, não venha agora que as morenas vão logo embora."*

Não teve jeito!

Todo início de semana, no começo de cada mês, era dia de entrega dos protoparasitológicos.

Entremeio às *amebas*, áscaris, *ancylostomas*, *oxiurus* e tantos outros parasitas, discutíamos o fim da ditadura, a reforma agrária, os males da especulação imobiliária e a participação na Assembleia do Povo como único remédio eficaz para curar o rosário de lombrigas que consumia os músculos dos trabalhadores e dos pobres explorados.

Não podia faltar, justo naquele dia.

Além do mais, havia combinado uma reunião noturna na comunidade para preparar a audiência com o prefeito sobre a urbanização da favela.

Tinha que cruzar toda a cidade até chegar naquele fim de mundo.

No caminho, rezava para que o povo, amedrontado com o temporal, não comparecesse às consultas agendadas.

Ilusão.

Aquela segunda foi brava.

Ao final do atendimento, apenas um prontuário ficou sem as avaliações programadas:

Tião do Pito.

Tião era um negro alto, forte, hipertenso e diabético, sorridente e arisco. Com dois dedos do pé direito amputados, tomando insulina, era pouco aderente às rotinas de agendas, protocolos e prescrições.

Comparecia quando dava na telha.

Quando acabou a reunião, sabia em que lugar encontrá-lo.

Como de costume, fomos para o quiosque da Adelaide bater um truco.

Lá estava ele, tomando seu cara-cálcio e mastigando um torresmo amanhecido.

Com a escopeta na mão, não perdi a chance:

— Truco, Tião!

— Seu sangue vai virar açucareiro!

— Você vai acabar com a boca cheia de formigas!

— Truco, marreco!

Sem pestanejar, o Tião retrucou:

— Seis, ladrão!

— Enfia o sete de copas no rabo da sogra, na casa do capeta e nas tumbas do cemitério!

— Seis, pato! Bosta de égua veia!

— Da minha vida cuido eu.

— Tô mais preocupado com a largura do que com o comprimento!

— De que dianta viver noventa anos triste?

— Tomô, papudo!

— Na testa, marreco!

Ele estava com o zap.

Desse jeito, meus dias seguiam mais animados no meio daquela gente.

Apaixonado, ao final do atendimento, aguardava Fernanda me ligar para correr ao seu encontro cheio de histórias, segredos, tesão.

Hagar e Soljenítsin

Esqueci
meus
sonhos
no alpendre
e adormeci
na cadeira
do dentista.

Fernanda e eu vivíamos cada vez mais uma paixão intensa.

Cumpridas as tarefas prescritas pelo Comitê e meu estágio no postinho, entregávamos à imaginação dos nossos apetites nas longas tardes iluminadas por janelas entreabertas.

Na época, cada um tinha seu lugar, suas coisas.

Nossos encontros eram para brindar, matar o tempo, descobrindo, um no outro, afetos diferentes em esconderijos improvisados, para sempre.

Tínhamos tanta certeza disso que compramos uma casa, meio a meio.

Não vou ocupar seu tempo narrando o começo da nossa convivência sob o mesmo teto.

Todos os inícios se parecem bastante.

A fim de cumprir meu objetivo, vou me deter nas desavenças, nos conflitos pequenos e grandes que desaguaram na separação.

São de vários tipos e qualidades os litígios amorosos.

Em nossa vida conjugal, consegui identificar três variedades.

A primeira englobava as implicâncias do dia a dia, decorrentes das idiossincrasias que só revelamos quando nos achamos à vontade na relação.

Uma bituca de cigarro boiando no vaso sanitário versus fiapos de barba na pia do banheiro.

O absorvente não embrulhado dentro da lixeira contra chapiscos de comida no espelho.

Uma golada na boca da garrafa em troca de uma mancha de batom na tulipa de cerveja.

Os meiões, calção, chuteiras e cueca na sala, compensando as calcinhas no chuveiro.

A pasta de dente não apertada com parcimônia em oposição à pintura exposta no papel higiênico.

Não fique enojado com essas picuinhas, fino leitor.

Tenho a absoluta certeza de que você tem conhecimento de outros exemplos semelhantes. Além do mais, essas ninharias cotidianas podem ser avaliadas, dependendo de como se olha, como expressões autênticas da mais pura arte conceitual.

Depois que Duchamp resolveu enviar para uma coletiva um urinol de porcelana branca de ponta cabeça, qualquer manifestação espontânea é válida.

Se alguém lhe chamar a atenção por alguma de suas obras, responda:

— Será arte tudo o que eu disser que é arte.

Assim sendo, quando for pego em alguma das atitudes descritas acima, diga que está redigindo um manifesto em favor do *ready made*.

Tente enviar suas produções repulsivas à Bienal. As chances de serem aceitas são enormes.

Excremento enlatado, casca de ferida com pus, tripas e intestinos de vaca *in natura*, cadáveres em estado de putrefação, entre outros materiais asquerosos, fazem parte do movimento *body art*.

Portanto, alivie as broncas, o seu niilismo nupcial. Passe a valorizar o que vem das profundezas da sua segunda metade.

Aquela caca de nariz deixada sorrateiramente debaixo da mesa, a remela nos olhos limpada na toalha de rosto, os restos de chicletes colados no congelador, as unhas roídas com sangue dentro do pote de Band-Aid e outras porcarias do gênero devem ser vistas como lampejos vanguardistas.

A segunda espécie de desacordos agrupava todas as cenas de ciúmes, provocadas ou não, que deixavam rancores, mas que também, algumas vezes, atuavam como revitalizantes da vida conjugal.

Se olhada pelo lado bom, a simples suspeita de um outro ou outra pode estimular a libido, atiçar a busca de posições inéditas de difícil execução, gritos e palavras chulas, que fazem amolecer a alma, desbloquear couraças, potencializando a frequência e a intensidade do orgasmo sem precisar de um terapeuta reichiano.

O terceiro padrão de atrito é mais sério, estrutural, de rara reconciliação.

No meu ponto de vista, com essas características, tivémos três desentendimentos.

Um, pelo menos, eu que provoquei, meio sem querer.

Não calculei as consequências.

Sempre fui fã de carteirinha do Buzz Lightyear e do Hagar.

O que me identifica no Buzz é o seu bordão:

— Ao infinito e além!

Esse grito parece sair da minha metade asa-delta, sonhadora, sem os pés na terra.

— Adoro viajar na maionese!

Já o Hagar...

— É o meu número um!

Ele consegue ser rude e afetuoso, ser mau e piedoso, ser guerreiro e preguiçoso. Adora comer e diz o que pensa na lata, sem meias palavras.

Num belo dia, vi uma das suas tirinhas nas páginas ilustradas de um jornal.

Não tive dúvidas.

Inspirado nele, inventei o meu próprio personagem: o Gerson Valadão.

Resolvi, ingenuamente, pregar o quadrinho na parede da sala, ao lado de uma gravura do realismo soviético de Fernanda.

Achei que tinha ficado legal.

Um contraste pós-moderno, despretensioso, sem nenhuma intenção.

Uma bricolagem.

Não foi isso que Fernanda enxergou.

Quando chegou em casa, vinda de um encontro feminista, a primeira coisa que reparou — não deu nem tempo de anunciar minha iniciativa — foi a decoração.

Não disse nada, não me abraçou como de costume.

Trancou o quarto.

Mais uma vez, tive que dormir na sala.

De nada valeram minhas interrogações, meus chamados de benzinho.

Fernanda quando se fechava...

A mágoa tinha sido grande.

Sempre que tentava me reaproximar, encontrava pregadas na porta do nosso quarto diferentes mensagens não verbais de uma ativista feminista, recriadas por ela a partir de suas leituras aplicadas dos quadrinhos do Quino: Cirlene de Beavouir.

Ou eu tirava da parede minha primeira incursão como decorador, ou nossa relação terminava ali.

Fernanda deu um ultimato.

Exigiu que o quadro do meu herói fosse substituído por outro, Mafalda, a sua heroína.

Achei por bem não discutir.

A outra discordância grave, segundo meu juízo parcial, foi da sua inteira responsabilidade.

Ao programar as nossas primeiras férias de verão, para agradá-la, comprei um pacote promocional para Porto de Galinhas.

Apesar do caos aéreo, achei que ela iria adorar a ideia.

A viagem serviria para reaquecer nossas fantasias amorosas, depois do nosso primeiro entrevero preocupante.

Igual ao Chico:

— "*Eu tenho tesão é no mar.*"

Sem me consultar, Fernanda bolou outro plano.

Aproveitando as promoções de fim de ano, o recebimento do décimo terceiro, resolveu trocar seu Fiat 147 vermelho por um Niva Lada da mesma cor.

Chegou em casa com aquela jeringonça barulhenta, animada e determinando:

— Vamos estreá-lo em janeiro!

— Vai ser nossa lua de mel!

— Tecnologia soviética, estrutura monobloco, tração nas quatro rodas, motor 1.6 à gasolina.

— Para comprovar sua robustez, vamos para São Tomé das Letras.

— Quero sentir seu desempenho no asfalto e no areião.

Não deu outra.

Mesmo contrariado, e sem adiantar minha intenção nordestina, embarguei na aventura a bordo de um jeep que mais parecia uma brasília adaptada para rally.

São Tomé das Letras é um tédio para quem não acredita em seres alienígenas, não fuma maconha e não é adepto à prática de caminhadas.

Não suportava mais escutar os muitos bandos de velhos e novos hippies, andando pelo vilarejo de mãos dadas, cantando do primeiro ao último LP do Raul, sem poder reclamar.

Para complicar ainda mais meu mau humor, o carburador do dito cujo esquentou, o pneu dianteiro furou.

Ficamos atolados em uma das nossas excursões rumo às trilhas para Machupichu.

Aí foi demais!

Desabafei:

— Deixe esse trem, aí, no meio da estrada!

— Quem sabe não passem por aqui dois caracus de coice, uma parelha de guia para puxar o automóvel até em casa.

— Para ser um carro de boi, só está lhe faltando o cocão!

— Não sei por qual razão você foi comprar essa carroça comunista!

— A viatura é mais feia do que a masmorra de Lubianka!

— Tenho dito!

A reação de Fernanda foi instantânea.

— Seu arrivista colorido, porco chauvinista, pequeno burguês envergonhado, filhinho de papai, mauricinho, bebedor de batidinhas adocicadas, filho da puta!

— Desça já do meu veículo e não me procure mais!

Voltei de ônibus.

Foram vinte e sete dias sem vê-la.

Nosso reatamento provisório ocorreu após uma convenção do partido.

Meu voto foi fundamental para que os candidatos apoiados por ela saíssem vitoriosos.

Veio me agradecer e ofereceu carona.

Logo de cara me tranquilizou:

— Troquei de carro!

— Estou agora com um Lada 1500S.

— Mantive a tonalidade.

Sem conhecer as diferenças mecânicas e de *design* comparadas ao Niva, em busca de um acordo de paz, comentei:

— Ouvi de um amigo que quem tem um Lada não vende nem barganha por nada desse mundo.

O trajeto até a residência, que ainda era nossa, foi bastante descontraído.

Senti que a última briga tinha sido superada.

Fernanda entrou em casa como se nunca tivesse saído.

Cama, mesa, piso, corredores, tanque, fogão, escada, banheiro, todos os cômodos e móveis testemunharam nosso regresso.

A partir dessa reconciliação, passei a chamá-la de Fernandinha de Amsterdam, em homenagem ao meu ícone poético Chico Buarque de Hollanda e à sua canção, cuja musa inspiradora tem o mesmo cognome, o que muda é o primeiro.

Ficamos um bom tempo juntos, sem intrigas e arranhaduras, até que aconteceu o último epílogo, onde o para sempre sempre acaba.

Estava no escritório, que ficava no segundo andar do sobrado.

Lá de cima, escutava Fernanda perguntar para Elizete sobre o sumiço de duas garrafas de vodcas da adega, uma siberiana Beluga e outra Imperia.

Rezava para a nossa arrumadeira não me dedar.

Não teve jeito.

Quando percebeu que a desconfiança estava se voltando contra ela, para defender seu emprego e honra, me delatou sem remorsos.

Nem precisou de premiação.

Sentia sua fúria chegando a cada degrau superado da escada.

Tudo entre nós era compartilhado.

Apenas uma coisa Fernanda fazia questão de frisar que era só dela: as vodcas soviéticas.

No pouco tempo que me restava, fiquei concatenando a desculpa.

Sabia que não poderia dizer a verdade.

Para você eu digo, cúmplice confidente.

Uma garrafa eu levei para o laboratório de bioquímica da faculdade.

Tinha entrado em um concurso de coquetéis, promovido por uma boate.

Resolvi testar meus conhecimentos em coquetelaria.

Meu gene alquimista deu a brilhante ideia de misturar cachaça com vodca, experimentando várias proporções, até conseguir o elixir da vida, o néctar dos deuses, a bebida mundial, uma espécie de Coca-Cola alcoolizada.

— Ao infinito e além!

A outra esvaziei na festa do racha.

Tinha comprado uma revista com receitas de drinques e resolvi testar algumas.

Até que não me saí mal.

Só não consegui jogar os copos para cima sem quebrá-los.

Minhas sugestões:

BLAK RUSIAN

12 ml de vodca

25 ml de licor de café

4 gelos picados

COSMOPOLITAN

25 ml de vodca

25 ml de suco de uva

12 ml de triple sec (licor sabor laranja)

12 ml de suco de limão

Cubos de gelo ao gosto

SCREWDRIVER

50 ml de vodca

125 ml de suco de laranja

Cubos de gelo ao gosto

2 fatias de laranja

BLOODY MARY

37 ml de vodca

100 ml de suco de tomate

1 gota de suco de limão

½ colher de chá de molho inglês

4 gotas de pimenta Tabasco

Cubos de gelo ao gosto

Sal e pimenta-do-reino ao gosto

1 fatia de limão para decorar

CAIPIROSKA

50 ml de vodca

3 colheres de açúcar mascavo

4 gelos picados

6 fatias de limão

— Você há de concordar comigo.

— O que fiz era inconfessável.

Quando Fernanda abriu a porta com a cara do Jack Nicholson no filme *O Iluminado*, nem esperei a pergunta, enrolei.

— Desculpa!

— Fui pegar umas garrafas de pinga e quebrei duas garrafas de vodcas.

Apesar de ser muito difícil acreditar naquela lorota, as bebidas ficavam bem separadas umas das outras — o que era meu era meu, o que era dela era dela —, senti que sua respiração desceu da garganta para os pulmões.

Estava mais calma.

Acho que teria engolido e me perdoado, se não reparasse, em cima da escrivaninha, aberto na página 355, *O Arquipélago*.

Fernanda, assim que viu aquilo, passou a respirar pelos olhos.

Mordendo cada palavra em câmera lenta, deu o veredicto final:

— Desertor!

— Traíra!

— Agente da CIA!

— Pau mandado do imperialismo americano!

— Enfie o Soljenítsin no Gulag da sua mãe!

Foi sua última sentença.

Arrumou as coisas, encaixotou cuidadosamente suas vodcas, ligou o Lada, nunca mais voltou.

Certo dia, entrando em casa, encontrei um bilhete com os seguintes dizeres:

"*Adoro você, mas é impossível vivermos juntos. Se concordar, fique com a Elizete e o sobrado. Como paguei metade do financiamento, deposite, todo mês, na agência do Banco do Brasil de Brasília, mil reais. Aqui está o número da conta*".

Fernanda passou a ser, a partir desse dia, minha imobiliária e mensaleira.

Voltei à faculdade.

1970

Nas ruas de Melgaço, no ano de 1970, proliferavam símbolos do ufanismo pátrio.

Estimuladas pela conquista do tricampeonato mundial de futebol e pelas Comemorações do Grito da Independência, as cores verde, amarela, branca e azul anil destacavam-se nas fachadas das casas, escolas, muros, nos tapetes de pinturas estendidos nas vias públicas.

Bandeirolas e fitas tremulavam nas antenas dos carros, nos guidões, selins e aros das bicicletas, nos carrinhos dos catadores de papelões, nos penduricalhos e pingentes que enfeitavam as éguas de tração das charretes de fretes.

Nos caminhões, além das alusões de amor à pátria estampadas em plásticos, balangandãs, suvenires decorativos, santinhas de Nossa Senhora Aparecida e contas de terço dependuradas nos retrovisores das cabines, podiam-se ler nos para-choques frases otimistas, evidenciando o sentimento nacionalista.

"Brasil: Ame-o ou Deixe-o!"

"Ninguém Segura a Juventude do Brasil!"

"Eu apoio a Ditadura Militar!"

Eram as mais cotadas.

Vez ou outra, algumas mais descontraídas.

"Nunca misturei mulher com parafusos, mas não nego a elas meus apertos."

"Pobre é igual a pneu, quanto mais trabalha, mais fica liso."

"Em baile de cobra sapo não dança."

"Na matemática da vida você é meu problema."

"80 ação, 20 ver, 100 você não sei viver."

E por aí vai...

O slogan 90 Milhões em Ação, estrategicamente bolado pelos marqueteiros dos generais, criou um clima que, após a conquista da Seleção Canarinho no Estádio Asteca, contagiou o povo e aumentou a confiança no Milagre Colonial.

A matéria Educação Moral e Cívica tornou-se obrigatória nas escolas.

No mural afixado no pátio do recreio ficava à mostra o decreto-lei, assinado pelos ministros militares, que estabeleceu sua compulsoriedade em todas as modalidades de ensino público ou privado.

A defesa do princípio democrático, através da preservação do espírito religioso, do aprimoramento moral, da dedicação à família, à comunidade, o culto à obediência, à fidelidade ao trabalho, à pátria, aos grandes vultos da nossa história, eram os pilares da nova pedagogia inspirada em Deus e na Cruz do Mérito Cívico Militar.

Diariamente, para que os alunos comprovassem o dever de casa feito, seus profundos conhecimentos em história e geografia, a professora, com o apagador em uma das mãos e a régua na outra, saía de carteira em carteira tomando o ponto:

— Qual a capital de Rondônia?

— Porto Velho.

— Qual o nome do ministro de Minas e Energia?

— Shigeaki Ueki.

— E do Transporte?

— Mario Andreazza.

— Em que data foi Proclamada a República?

— 15 de novembro de 1889.

— Qual o nome verdadeiro do Bandeirante apelidado de Anhanguera?

— Bartolomeu Bueno da Silva.

— Qual o rio em cujas margens D. Pedro I deu o Grito da Independência?

— Ipiranga.

— Quais os pontos extremos do Brasil?

— Ponta do Seixas na Paraíba, Arroio Chuí no Rio Grande do Sul e, e, e...

Sempre se esquecia os que ficavam ao Oeste e ao Norte.

Era castigo na certa e obrigação de copiar cem vezes no caderno de tarefa as respostas não respondidas corretamente.

Em meio a tantos símbolos e cores nacionais, colados nos postes, bares, campos de futebol, estações rodoviárias, aeroportos, igrejas, escolas, até no interior de muitas casas, havia cartazes com rostos estranhos e dizeres assustadores:

TERRORISTAS,

PROCURADOS,

INIMIGOS DA PÁTRIA.

AJUDE A PROTEGER SUA VIDA E DE SEUS FAMILIARES.

AVISE A POLÍCIA!

Eram pessoas, na sua maioria, jovens, homens e mulheres meio esquisitos, usando óculos fundo de garrafa, invariavelmente com barba ou bigode, mais parecendo personagens extraterrestres do seriado *Os Invasores*, exibido pelo TV Tupi, às terças-feiras à noite, em que replicantes humanos, após levarem um tiro do implacável arquiteto perseguidor de alienígenas David Vicent, se desintegravam.

Página infeliz da nossa história.

7 de Setembro

Aquele domingo tinha um gosto muito especial para a molecada.

Além das comemorações do 7 de Setembro, à tarde os meninos jogariam a final do Campeonato Juvenil, organizado pela Liga Melgaciana de Futebol Amador, contra o Grêmio da Mascagni, o eterno rival.

Às seis horas da manhã, estavam todos de pé e a postos na quadra do Grupo, para as últimas afinações das zabumbas, caixas, surdos, bumbos, repiques, pratos, cornetas, tubas e acertos na farda.

Naquele ano, data de comemoração do Tricentenário de Melgaço, o uniforme foi especialmente confeccionado pela Associação de Pais e Mestres.

O fardamento, estilo roupa de gala do primeiro Imperador da Colônia, composto de jaquetão azul, camisa de manga comprida, calça justa branca com lista amarela na lateral, ombreiras, botões, encordoamentos dourados, luvas, coturnos pretos até os joelhos, enchia os componentes de galhardia.

A fanfarra da escola, com cem componentes, tinha tanta tradição, dada a dedicação do maestro Mascarenhas, que quando tocava seus dobrados parecia mais uma banda marcial.

Desfilava galante, sempre com um laço preto no peito, *in memoriam* aos 59 colegas mortos em um acidente de ônibus, que despencou da ponte de um rio de águas turvas.

Melgaço, até hoje, guarda um luto respeitoso junto aos familiares que perderam seus filhos na tragédia.

Egger não perdia um desfile.

Gostava de chegar bem cedinho na avenida.

Colocava sua cadeira defronte ao palanque das autoridades.

Bem ali, se exibindo para o burgomestre, primeira dama, vereadores, o bispo diocesano, demais autoridades civis, militares e eclesiásticas, os conjuntos harmônicos desfilavam seus repertórios de evoluções e ritmos ensaiados com esmero o ano inteiro.

O palanque estava concorrido.

Naquele dia da Independência e do aniversário da fundação da Comarca, representantes do governo do estado e federal iriam se reunir com adidos americanos, agentes da USAID, para se estabelecer o planejamento das metas a serem alcançadas pela "Aliança para o Progresso", lançar a campanha "Ouro para o Brasil" e executar a "Operação Condor".

O tratado assinado pelo presidente dos EUA, John F. Kennedy, com os ditadores das colônias da América Latina, através de ajuda humanitária, investimentos em saúde, educação, saneamento básico e habitação, visava a afastar o risco dos avanços do comunismo sobre os quintais do Tio Sam. Depois do triunfo dos revolucionários de *Sierra Maestra*, derrubando Fulgêncio Batista do poder da Ilha, usada, na época, como puteiro dos gringos, a ordem era fechar as fronteiras para a União Soviética.

Estava presente, também, o banqueiro americano B. Elbriche, que, na ocasião, visitava a Cerâmica Estrela para avaliar a viabilidade econômica da sua incorporação por um grupo de investidores estrangeiros.

A Conquista da Copa, Pan Americanismo e feitos dos militares deveriam ser os temas obrigatórios do desfile daquele ano.

O Grupo Escolar da Aparecida se preparou nos mínimos detalhes para o evento.

Uma comissão foi criada entre professores, pais e alunos para organizar a apresentação.

Ouriço, que sempre ajudava a mãe nas aulas de corte e costura, tomou a frente dos trabalhos, deixando tudo um brinco para o dia tão aguardado.

Na comissão de frente vinha um carro alegórico alusivo à conquista no México, tendo ao fundo um cenário de campo de futebol, com João Negão vestido de Pelé, Tigrila de Carlos Alberto erguendo a Jules Rimet, uma trupe de moleques habilidosos fazendo embaixadinhas, paradinhas na cabeça, controles no trato da bola. Sentado em um trono monumental, o pai do Zé Cajuca, sósia do general ditador sanguinário Médici, com a faixa presidencial, acenava para a multidão.

Atrás do carro, respeitando os limites de segurança a fim de prevenir acidentes e atravessamentos na coreografia, vinha Loretta.

Vestindo uma minissaia agarradinha, com a bandeira dos Estados Unidos na parte da frente, o pavilhão nacional atrás, com os dizeres "Ordem e Progresso" dividindo bem ao meio as saliências apetitosas da sua bunda, de modos que, no flanco esquerdo das suas nádegas, localizava-se a estrelinha solitária dedicada ao Pará e, à direita, a constelação dos 24 astros, simbolizando os outros 19 estados, 4 territórios e Brasília, ela estava federal à frente do quarteto de zabumbas.

Completando seu uniforme, um casaquinho curto de vinil prateado aberto valorizava um bustiê, que deixava azo para os mais ardentes devaneios.

Calçando botas brancas, bico fino, cano alto, que realçavam os músculos ainda por serem desenhados das suas coxas, manobrava balizas dando estrela, *pas de chat*, *fouetté*, *sissones*, *pas couru*, *jeté*, *coupé* e tantos outros bailados de caírem o queixo e endurecerem o pau da mancebada.

No meio do cortejo, a fanfarra afinadíssima, não errando nenhuma sequência, interpretava os temas com seus *allegros*, andantes e paradinhas com muita precisão.

Finalizando o desfile, o último carro alegórico representava a "Aliança para o Progresso".

Com alunas e alunos do primeiro grau fantasiados de Tio Patinhas, Pato Donald, Huguinho, Zezinho, Luizinho, Margarida, Pateta, de Professor Pardal, Cinderela, Sete Anões, Branca de Neve, um Bambi de pelúcia, misturados às araras, tucanos, flamingos, macacos sorrateiros, coqueiros que dão coco, cascatas de água remedando cachoeiras, a estrutura parecia uma verdadeira Disneylândia Tropical em movimento.

Balançando a pança, buzinando a moça, comandando a massa e dando ordem no terreiro estava o mais novo personagem desenhado pelos estúdios Walt Disney, criado na medida para homologar nossa grande amizade pelos americanos: o papagaio malandro Zé Carioca.

Ao seu lado, Katiuscia, fantasiada de Carmem Miranda, distribuía bananas.

A plateia aplaudia de pé, pedia bis.

Foi uma apresentação inesquecível, ficando marcada para sempre nos anais das festividades de Melgaço.

Após o desfile, o Professor solicitou que os atletas do time se reunissem na praça do bairro e fossem para o jogo juntos.

Ele os encontraria no vestiário para as últimas instruções.

A molecada adorava o Lorenzo Angel Paschoalloto, nome de batismo dado pelo pai italiano.

O Professor

Dez anos mais velho do que os meninos, o Professor era o guru de todos os noviciados em direção à idade adulta.

Foi quem apresentou os catecismos do Zéfiro para a garotada, a ensinou a gostar de Creedence, Pink Floyd, Led Zeppelin, Beatles, Rolling Stones, The Allman Brothers, The Yardbirds, Frank Zappa, a ouvir Geraldo Vandré, Chico Buarque, Mutantes, Caetano e Gil, a ler sobre o outubro quente de 1968 na França, os poetas da Geração Beat, a estar ligada no Woodstock, aos movimentos gays, feministas e pacifistas contra a Guerra do Vietnã, entre tantas outras descobertas e curiosidades que, se não fosse ele, jamais chegariam a Melgaço.

Os Paschoalloto eram amigáveis.

Abriam sua casa, a única que tinha uma Telefunken com papel colorido na frente do tubo de imagem, ajuntando a gurizada para comer pipoca com Q-Suco sabor groselha preparados pela Dona Vitória.

Empoleirados diante da TV, seguiam os *thrillers O Fugitivo*, *O Túnel do Tempo*, *Perdidos no Espaço*, com os personagens Robô B9, o estridente doutor Smith, o Major Don West, o professor John Robinson e familiares em aventuras intergalácticas, *Viagem ao Fundo do Mar*, *Terra de Gigantes*, *Bonanza*, *O Homem de Virginia*, *Rin-Tin-Tin* e do xerife *Johnny Ringo*, sem perderem um episódio.

Foi no Palazzo Romano que assistimos Félix, Carlos Alberto, Brito, Piazza e Everaldo, Clodoaldo, Gerson e Pelé, Jairzinho, Tostão e Rivelino trazerem o caneco, após vitória incontestável, por quatro a um, diante da Azurra.

A residência assobradada provocava interesses e interrogações sobre o significado daquele quadro, pregado na parede da escadaria que dava acesso ao piso de cima, cheio de sombras e enigmas, com um círculo preto e um "A" enorme no centro.

De que país era aquela bandeira preta fincada no vaso de antúrios vermelhos e amarelos sobre uma cristaleira espelhada?

Quem seriam aqueles dois barbudos, em cujos retratos expostos na sala de estar podiam-se ler os lemas: "A LIBERDADE DO OUTRO ESTENDE A MINHA AO INFINITO" e "TRABALHADORES DO MUNDO, UNI-VOS"?

Ficava à vista, também, uma prateleira com coleções de livros de um tal de Karl Marx, Gramsci, Mikhail Bakunin, *L'Institucione Negata* de Franco Basaglia, *Psiquiatria y Poder* de Giovanni Berlinguer, além de outros de Boccaccio, Pablo Neruda, João Cabral de Melo Neto, a *Divina Comédia* de Dante Alighieri, *A Pedra do Reino*, *Grande Sertão: Veredas*, *Cem Anos de Solidão*, *Fábulas Italianas de Italo Calvino*, *Sei Personaggi in Cerca D'Autore* de Pirandello e outros exemplares que espetavam os olhos daqueles meninos sem costume de verem semelhantes excentricidades em casa.

Lorenzo tinha um jeito especial no trato com os moleques.

Além de ajudá-los nos trabalhos, tarefas e aulas de reforço nas matérias escolares mais difíceis, por ser um inveterado apaixonado por futebol e pelo Santos, quando estava livre, acompanhava o Cruzeirinho da Aparecida nos jogos do Campeonato Juvenil Varzeano, fazendo as vezes do técnico, após reaparecer depois de um tempo sumido, segundo ele, em reuniões de trabalho na capital.

Quando retornava, ia sempre ao encontro dos amigos, ensinando os caminhos das pedras para se conseguir uma calça Lee que desbotava, emprestando as últimas edições da Playboy, dando dicas das novidades da moda e da cultura que estavam rolando na cidade grande.

Conversava sobre coisas que o preocupavam em relação ao futuro do país e da juventude.

Falava de liberdade, de democracia, da revolução sexual e outros assuntos considerados perigosos naqueles tempos sombrios.

Suas preleções levantavam o moral da equipe.

Tinha uma técnica infalível.

Ao distribuir as camisas para os jogadores, não o fazia pelo número, mas entregando para cada posição do menino a sua respectiva, relacionando-a, efusivamente, ao nome de um ídolo do seu esquadrão do coração.

Com uma única exceção ao craque sarará do Palmeiras, elegante com a bola nos pés, falso lento e que dava um trabalho danado quando jogava contra seu time, a escalação ficava assim: Barriga = Cejas! Chiclé = Carlos

Alberto! Meia Foda = Ramos Delgado! Pé de Mesa = Joel! Tripinha = Rildo! Tadeu = Clodoaldo! Foguinho = Ademir da Guia! João Negão = Pelé! Zé Ribeiro = Manoel Maria! Chocolate = Coutinho! Esquerdinha = Edu!

A molecada, depois de passar óleo elétrico nas canetas, calçar as bicancas de cravos fixados com pregos, entrava em campo com a autoestima na lua.

Podia até sair derrotada, mas garra em campo não faltava.

Tinha ficado acertado que o Professor iria encontrá-los no vestiário do Campo da Mascagni, antes da partida começar, para repassar a tática do jogo combinada no dia anterior.

Com o elenco já calçando os calções, os meiões e as chuteiras, não abrindo mão de esperar a chegada do técnico viajante, ouvir sua preleção e receber o manto azul-marinho com as estrelas do cruzeiro do sul estampadas no distintivo, novinho, o tempo foi passando, passando...

O Barriga não aguentava mais segurar a vontade de estrear sua camisa de goleiro amarela, igual à do Raul, ouvindo o Professor gritar: — Cejas!

Mas o tempo foi passando...

João Negão estava preocupado com a demora. Tinha gasto a última porção do Gelol. Temia perder o efeito da massagem durante o jogo e ter uma distensão.

O tempo foi passando...

Tadeu estava em dúvida sobre quem do time do Grêmio iria marcar homem a homem.

E o tempo passando...

Chiclé não sabia se poderia subir ao ataque quando o time estivesse com a posse de bola.

O tempo passava...

Esquerdinha queria saber se era ele quem iria ficar no primeiro pau na cobrança de escanteio.

E o tempo passando...

Meia Foda queria perguntar se podia subir à área do adversário quando os tiros de canto fossem a favor.

O tempo passava...

Tripinha estava inseguro quanto aos carrinhos que gostava de dar no ponta adversário, principalmente em gramados alagados.

Passava o tempo...

Zé Ribeiro não tinha certeza se deveria voltar para ajudar a defesa caso seu time estivesse sendo atacado.

E o tempo passava...

O Foguinho queria saber se nas faltas perto da meia-lua, e do lado direito, ele podia ser o cobrador.

Mas o tempo foi passando...

Chocolate precisava ter a certeza, se houvesse pênalti, que seria o batedor.

E o tempo passando, passando...

O árbitro apitou, indicando que faltavam cinco minutos para a final começar.

O tempo passou.

A vida é eterna em cinco minutos.

Perdidos, os jogadores do Cruzeirinho da Aparecida vestiram as camisas, naquele dia, sem os gritos de levantar a confiança da equipe.

Sem saberem de nada, foram para o jogo da vida deles.

Entraram em campo sozinhos.

O Professor Lorenzo, depois da preleção de sábado, véspera da partida, nunca mais foi visto e nem dele se teve notícias.

O céu estava cinzento em Melgaço, às cinco horas da tarde.

O Casarão Assombrado

Esse quase,
que me acompanha
por todos os lugares da minha vida —
para sempre esquecida no cruzamento
da rua Mirassol com
a avenida Constituição —,
corta meu coração,
cava meu coração,
sangra meu coração.

O tempo passou vagarosamente por Melgaço.

O Palazzo Romano se transformou em um casarão assombrado.

Às sextas-feiras, exatamente às cinco da tarde, se ouviam barulhos de móveis arrastados, camas reviradas, livros sendo jogados, discos, retratos quebrados, choros de crianças famintas e assovios de correntes de ventos a assustar os ouvidos dos transeuntes, enquanto as janelas batiam desesperadamente.

No dia 2 de novembro, a movimentação e o barulho do sobrado aumentavam.

Era como se estivesse ocorrendo, ali, naquele lugar, um culto macabro, ocupando os quartos, a sala, a cozinha, os banheiros, o lavabo, corredores, escada e o sótão.

Melgaço situava-se, justamente, no Marco Geodésico da América Latina, nas coordenadas 15°35'56",80 de latitude Sul e 056°06',05",55 de longitude Oeste.

Essa localização privilegiada colocava o município bem ao centro de um pentagrama onde, nas pontas do Sul, situavam-se Taperoá e Rio Bonito, no pico, ao Norte, Macondo, ao Leste, o Liso do Sussuarão e na extremidade Oeste, La Higuera.

Entre um vértice e outro podiam-se avistar Isla Negra, Buenos Aires, Montevidéu, La Paz, Barbacena, o Carandiru, Asunción e até, com um grande esforço de visão, alcançar Chibok, do outro lado do Atlântico.

Corria um mistério, na época, que no porão da casa dos Paschoalloto existiam túneis subterrâneos que interligavam todos esses lugares.

Izalina, uma cafuza octogenária traquejada nas artes de desatar nós, benzimentos, raizeirices, bruxarias, jogos de búzios, leituras de carta e até horóscopo, contava que, no dia de Finados, mulheres vindas de várias partes da terra, todas com lenços brancos na cabeça, se hospedavam no Palazzo dos Espíritos para embalar seus filhos, trocar notícias dos netos e bisnetos espalhados pelo mundo, arrumar as camas vazias, cantar estribilhos melancólicos, arranjos banzeiros, cantigas de ninar e rezar a ladainha dos mortos, a fim de que eles descansassem em paz:

O vento leva O mar devolve O fogo lambe A terra envolve O mar esconde O fogo grava A terra expande O vento estraga O fogo escoa A terra roda O mar ecoa O vento poda A terra-esterco O vento torto O fogo-fátuo sobre O Mar Morto **CADÊ VOCÊ** Abelardo Rausch de Alcântara Abílio Clemente Filho **CADÊ VOCÊ** Adauto Freire da Cruz Aderval Alves Coqueiro Adriano Fonseca Filho Afonso Henrique Martins Saldanha Aides Dias de Carvalho **CADÊ VOCÊ** Albertino José de Farias Alberto **CADÊ VOCÊ** Aleixo Alceri Maria Gomes da Silva Aldo de Sá Brito Souza Neto Alex de Paula Xavier Pereira **CADÊ VOCÊ** Alexander José Ibsen Voerões Alexandre Vannucchi Leme Alfeu de Alcântara Monteiro Almir Custódio de Lima Aluísio Palhano Pedreira Ferreira **CADÊ VOCÊ** Alvino Ferreira Felipe **CADÊ VOCÊ** Amaro Felix Pereira Amaro Luiz de Carvalho Ana Maria Nacinovic Corrêa **CADÊ VOCÊ** Ana Rosa Kucinski Silva Anatália de Souza Melo Anderson Pedro Gomes Alves Andre Grabois Angelina Gonçalves Ângelo Arroyo Ângelo Cardoso da Silva Ângelo Pezzuti da Silva Antogildo Pascoal Viana Antônio Alfredo de Lima Antônio Bem Cardoso Antônio Benetazzo Antônio Carlos Bicalho Lana **CADÊ VOCÊ** Antônio Carlos Monteiro Teixeira Antônio Carlos Nogueira Cabral Antônio Carlos Silveira Alves Antônio de Araújo Veloso Antônio de Pádua Costa Antônio dos Três Reis de Oliveira Antonio Ferreira

Pinto Antonio Graciani Antônio Guilherme Ribeiro Ribas Antônio Henrique Pereira Neto **CADÊ VOCÊ** Antônio Joaquim de Souza Machado Antônio José dos Reis Antonio Luciano Pregoni Antônio Marcos Pinto de Oliveira Antônio Raymundo de Lucena Antônio Sérgio de Mattos Antônio Teodoro de Castro Ari da Rocha Miranda Ari de Oliveira Mendes Cunha Ari Lopes de Macêdo Arildo Valadão Armando Teixeira Fructuoso Arnaldo Cardoso Rocha Arno Preis Ary Abreu Lima da Rosa Ary Cabrera Prates Augusto Soares da Cunha Aurea Eliza Pereira **CADÊ VOCÊ** Aurora Maria Nascimento Furtado Avelmar Moreira de Barros Aylton Adalberto Mortati Batista Benedito Gonçalves Benedito Pereira Serra Bergson Gurjão Farias Bernardino Saraiva Boanerges de Souza Massa Caiupy Alves de Castro Carlos Alberto Soares de Freitas Carlos Eduardo Pires Fleury Carlos Lamarca Carlos Marighella Carlos Nicolau Danielli Carlos Roberto Zanirato Carlos Schirmer **CADÊ VOCÊ** Carmem Jacomini Cassimiro Luiz de Freitas Catarina Helena Abi-Eçab Célio Augusto Guedes Celso Gilberto de Oliveira Chael Charles Schreier Chico Mendes Cilon Cunha Brun Ciro Flávio Salazar de Oliveira Cloves Dias de Amorim Custódio Saraiva Neto Daniel José de Carvalho Daniel Ribeiro Callado Darcy José dos Santos Mariante David Capistrano da Costa David de Souza Meire **CADÊ VOCÊ** Dênis Casemiro Dermeval da Silva Pereira **CADÊ VOCÊ** Devanir José de Carvalho Dilermano Mello do Nascimento Dimas Antônio Casemiro Dinaelza Santana Coqueiro Dinalva Oliveira Teixeira Divino Ferreira de Souza Divo Fernandes d'Oliveira Djalma Carvalho Maranhão Dorival Ferreira Durvalino de Souza Edgar de Aquino Duarte Edmur Péricles Camargo Edson Luís de Lima Souto Edson Neves Quaresma Edu Barreto Leite Eduardo Antônio da Fonseca Eduardo Collen Leite **CADÊ VOCÊ** Eduardo Collier Filho Eiraldo de Palha Freire Eliane Martins **CADÊ VOCÊ** Elmo Corrêa Elson Costa Elvaristo Alves da Silva Emmanuel Bezerra dos Santos Enrique Ernesto Ruggia Epaminondas Gomes de Oliveira Eremias Delizoicov Eudaldo Gomes da Silva Evaldo Luiz Ferreira de Souza Ezequias Bezerra da Rocha Feliciano Eugênio Neto **CADÊ VOCÊ** Félix Escobar Sobrinho Fernando Augusto da Fonseca Fernando Borges de Paula Ferreira Fernando da Silva Lembo Fernando Santa Cruz Flávio Carvalho Molina Francisco das Chagas Pereira Francisco Emanuel Penteado Francisco José de Oliveira Francisco Manoel Chaves Francisco Seiko Okama **CADÊ VOCÊ** Francisco Tenório Júnior Frederico Eduardo Mayr Gastone Lúcia Carvalho Beltrão Gelson Reicher Geraldo Bernardo da Silva Geraldo da Rocha Gualberto Gerardo Magela Fernandes Torres da **CADÊ VOCÊ** Costa Gerosina Silva Pereira Gerson Theodoro de Oliveira Getulio de Oliveira Cabral Gilberto Olímpio Maria Gildo Macedo Lacerda Gilson Miranda Grenaldo de Jesus da Silva Guido Leão Guilherme Gomes Lund Gustavo Buarque Schiller Hamilton Fernando da Cunha **CADÊ VOCÊ** Hamilton Pereira Damasceno Helber José Gomes Goulart Hélcio Pereira Fortes Helenira Rezende de Souza Nazareth Heleny Teles Ferreira Guariba **CADÊ VOCÊ** Hélio Luiz Navarro de Magalhães Henrique Cintra Ferreira Ornellas Higino João Pio Hiram de Lima Pereira Hiroaki Torigoe Honestino Monteiro Guimarães Horacio Domingo Campiglia Iara Iavelberg Idalísio Soares Aranha Filho Ieda Santos Delgado Iguatemi Zuchi Teixeira Inocêncio Pereira Alves Íris Amaral Irmã Dorothy **CADÊ VOCÊ** Ishiro Nagami Ísis Dias de Oliveira Ismael Silva de Jesus Israel Tavares Roque Issami Nakamura Okano Itair José Veloso Iuri Xavier Pereira Ivan Mota Dias Ivan Rocha Aguiar Jaime Petit da Silva James Allen da Luz Jana Moroni Barroso Jane Vanini Jarbas Pereira Marques Jayme Amorim Miranda Jean Henri Raya Jeová Assis Gomes João Alfredo Dias João Antônio Santos Abi-Eçab **CADÊ VOCÊ** João Barcellos Martins João Batista Franco Drummond João Batista Rita João Bosco Penido Burnier João Carlos Cavalcanti Reis João Carlos Haas Sobrinho João de Carvalho Barros João Domingues da Silva João Gualberto Calatrone João Leonardo da Silva Rocha João Lucas Alves João Massena Melo João Mendes Araújo João Pedro Teixeira João Roberto Borges de Souza Joaquim Alencar de Seixas Joaquim Câmara Ferreira Joaquim Pires Cerveira Joaquinzão Joel José de Carvalho Joel Vasconcelos Santos Joelson Crispim Jonas José de Albuquerque Barros Jorge Alberto Basso Jorge Aprígio de Paula Jorge Leal Gonçalves Pereira Jorge Oscar Adur José Bartolomeu Rodrigues de Souza José Campos Barreto José Carlos da Costa José Carlos Novaes da Mata Machado José Dalmo Guimarães Lins José de Oliveira José de Souza José Ferreira de Almeida **CADÊ VOCÊ** José Gomes Teixeira José Guimarães José Humberto Bronca José Idésio Brianezi José Inocêncio Barreto José Isabel do Nascimento José Jobim José Júlio de Araújo José Lavecchia José Lima Piauhy Dourado José Manoel da Silva José Maria Ferreira Araújo José Maurílio Patrício José Maximino de Andrade Netto José Mendes de Sá Roriz José Milton Barbosa José Montenegro de Lima José Nobre Parente José Porfírio de Souza José Raimundo da Costa José Roberto Arantes de Almeida José Roberto Spiegner José Roman José Sabino **CADÊ VOCÊ** José Silton Pinheiro

José Soares dos Santos José Toledo de Oliveira José Wilson Lessa Sabbag Juan Antonio Carrasco Forrastal Juares Guimarães de Brito Juarez Rodrigues Coelho Juvelino Andrés Carneiro da Fontoura Gularte Kleber Lemos da Silva Labibe Elias Abduch Lauriberto José Reyes Leopoldo Chiapetti Líbero Giancarlo Castiglia Lígia Maria Salgado Nóbrega Lincoln Bicalho Roque Lincoln Cordeiro Oest Lorenzo Ismael Viñas Lourdes Maria Wanderley Pontes Lourenço Camelo de Mesquita Lourival Moura Paulino Lúcia Maria de Souza Lucimar Brandão Guimarães Lucindo Costa Lúcio Petit da Silva Luís Alberto Andrade de Sá e Benevides Luisa Augusta Garlippe Luiz Affonso Miranda da Costa Rodrigues Luiz Almeida Araújo Luiz Antônio Santa Bárbara Luiz Carlos Augusto Luiz Carlos Almeida Luiz Eduardo da Rocha Merlino Luiz Eurico Tejera Lisbôa Luiz Fogaça Balboni Luiz Ghilardini Luiz Gonzaga dos Santos Luiz Hirata Luiz Ignácio Maranhão Filho Luiz José da Cunha **CADÊ VOCÊ** Luiz Paulo da Cruz Nunes Luiz Renato do Lago Faria Luiz Renato Pires de Almeida Luiz René Silveira e Silva Luiz Vieira Luiza Garlippe Lyda Monteiro da Silva Manoel Aleixo da Silva Manoel Alves de Oliveira Manoel Custódio Martins Manoel Fiel Filho Manoel José Nunes Mendes de Abreu Manoel José Nurchis Manoel Lisboa de Moura Manoel Raimundo Soares Manoel Rodrigues Ferreira Márcio Beck Machado Marco Antônio Brás de Carvalho Marco Antônio da Silva Lima Marco Antônio Dias Baptista Marcos José de Lima Marcos Nonato da Fonseca Margarida Maria Alves Maria Ângela Ribeiro Maria Augusta Thomaz Maria Auxiliadora Lara Barcelos Maria Célia Corrêa Maria Lúcia Petit da Silva Maria Regina Lobo Leite de Figueiredo Maria Regina Marcondes Pinto Mariano Joaquim da Silva Marilena Villas Boas Mário Alves de Souza Vieira Marcos Vinicius Marielle Franco **CADÊ VOCÊ** Mário de Souza Prata Massafumi Yoshinaga Maurício Grabois Maurício Guilherme da Silveira Merival Araújo Miguel Pereira dos Santos Miguel Sabat Nuet Milton Soares de Castro Míriam Lopes Verbena Napoleã Felipe Biscaldi Neide Alves dos Santos Nelson José de Almeida Nelson Lima Piauhy Dourado Nelson de Souza Kohl Nestor Vera Newton Eduardo de Oliveira Nilda Carvalho Cunha Nilton Rosa da Silva Norberto Armando Habeger Norberto Nehring Odijas Carvalho de Souza Olavo Hanssen Onofre Ilha Dornelles Onofre Pinto Orlando da Silva Rosa Bonfim Júnior Orlando Momente Ornalino Cândido da Silva Orocílio Martins Gonçalves Osvaldo Orlando da Costa Otávio Soares Ferreira da Cunha Otoniel Campo Barreto Paschoal Souza Lima Pauline Reichstul Paulo César Botelho Massa

Paulo Costa Ribeiro Bastos Paulo de Tarso Celestino Paulo Guerra Tavares Paulo Mendes Rodrigues Paulo Roberto Pereira Marques Paulo Stuart Wright Paulo Torres Gonçalves Pedro Alexandrino de Oliveira Filho Pedro Carretel Pedro Domiense de Oliveira Pedro Inácio de Araújo Pedro Jerônimo de Souza Pedro Ventura Felipe de Araújo Pomar Péricles Gusmão Régis Raimundo Eduardo da Silva Raimundo Ferreira Lima Raimundo Gonçalves Figueiredo Raimundo Nonato Paz Ramires Maranhão do Vale Ranúsia Alves Rodrigues Raul Amaro Nin Ferreira **CADÊ VOCÊ** Reinaldo Silveira Pimenta Roberto Cietto **CADÊ VOCÊ** Roberto Macarini Roberto Rascardo Rodrigues Rodolfo de Carvalho Troiano Ronaldo Mouth Queiroz Rosalindo Souza Rubens Beyrodt Paiva Rui Osvaldo Aguiar Pfützenreuter Ruy Carlos Vieira Berbert **CADÊ VOCÊ** Ruy Frazão Soares Santo Dias da Silva Sebastião Gomes dos Santos Sebastião Tomé da Silva Sérgio Roberto Corrêa Sérgio Landulfo Furtado Severino Elias de Mello Severino Viana Colou Sidney Fix Marques dos Santos Silvano Soares dos Santos Solange Lourenço Gomes Soledad Barret Viedma Sônia Maria Lopes de Moraes Angel Jones Stuart Edgart Angel Jones Suely Yumiko Kanayama Telma Regina Cordeiro Corrêa Therezinha Viana de Assis Thomaz Antônio da Silva Meirelles Neto Tito de Alencar Lima Tobias Pereira Júnior Túlio Roberto Cardoso Quintiliano Uirassu de Assis Batista Umberto Albuquerque Câmara Neto Valdir Sales Saboya Vandick Reidner Pereira Coqueiro Virgílio Gomes da Silva Vitor Carlos Ramos Vítor Luíz Papandreu Vitorino Alves Moitinho Vladimir Herzog Walkíria Afonso Costa Walter de Souza Ribeiro Walter Kenneth Nelson Fleury Walter Ribeiro Novaes Wânio José de Mattos Wilson Silva Wilson Souza Pinheiro Wilton Ferreira Yoshitane Fujimori Zoé Lucas de Brito Filho **CADÊ VOCÊ** Zuleika Angel Jones Acuña Castillo Miguel Angel Adler Zulueta Carlos Rodolfo **DÓNDE ESTÁS** Alarcón Jara Eduardo Enrique Alvarado Borgel María Inés **DÓNDE ESTÁS** Andreoli Bravo María Angélica Araneda Pizzini Dignaldo Herminio Arévalo Muñoz Víctor Daniel Arias Vega Alberto Bladimir DÓNDE ESTÁS Barrios Barros Juan Bautista **DÓNDE ESTÁS** Barrios Duque Alvaro Miguel Bustos Reyes Sonia de las Mercedes Buzio Lorca Jaime Mauricio Cadiz Norambuena Jaime del Tránsito **DÓNDE ESTÁS** Canales Vivanco Luis Alberto Carreño Aguilera Iván Sergio **DÓNDE ESTÁS** Carreño Navarro Manuel Antonio Castro Videla Oscar Manuel Chacón Olivares Juan Rosendo Chanfreau **DÓNDE ESTÁS** Oyarce Alfonso René Chávez Lobos Ismael Darío Concha Villegas Hugo Antonio Contreras González Abundio Alejandro **DÓNDE ESTÁS** Cubillos Gálvez Carlos Luis **DÓNDE ESTÁS** Cuevas Moya Carlos Alberto **DÓNDE ESTÁS** Díaz Agüero Beatriz Elena Dockendorff Navarrete Muriel Elgueta Pinto Martín Escobar Salinas Ruth María Espejo Gómez Rodolfo Alejandro **DÓNDE ESTÁS** Espinosa Méndez Jorge Enrique Espinoza Pozo Modesto Segundo Fioraso Chau Albano Agustín Flores Ponce Sergio Arturo Fuentealba Fuentealba Francisco Javier **DÓNDE ESTÁS** Gadea Galán Nelsa Zulema Gaete Farías Gregorio Antonio Galdámez Muñoz Andrés Tadeo **DÓNDE ESTÁS** Garay Hermosilla Héctor Marcial **DÓNDE ESTÁS** Garretón Romero Víctor Alejandro Gedda Ortiz Máximo Antonio **DÓNDE ESTÁS** Gómez Vega Alejandro Patricio González Inostroza Hernán Galo González Inostroza María Elena Grez Aburto Jorge Arturo **DÓNDE ESTÁS** Guajardo Zamorano Luis Julio Gutiérrez Avila Artemio Segundo **DÓNDE ESTÁS** Huaiquiñir Benavides Joel Ibarra Toledo Juan Ernesto **DÓNDE ESTÁS** Jorquera Encina Mauricio Edmundo Labrín Saso María Cecilia Lara Petrovich Eduardo Enrique Laurie Luengo Aroldo Vivian Lazo Lazo Ofelio de la Cruz **DÓNDE ESTÁS** Leuthner Muñoz Elsa Victoria **DÓNDE ESTÁS** López Díaz Violeta del Carmen Machuca Morales Gumercindo Fabián **DÓNDE ESTÁS** Machuca Muñoz Zacarías Antonio **DÓNDE ESTÁS** Maturana Pérez Juan Bautista Maturana Pérez Washington Hernán **DÓNDE ESTÁS** Meneses Reyes Juan Aniceto Montecinos Alfaro Sergio Sebastián Montecinos Slaughter Ricardo Cristián **DÓNDE ESTÁS** Morales Saavedra Newton Larrin **DÓNDE ESTÁS** Moreno Fuenzalida Germán Rodolfo Muñoz Andrade Leopoldo Daniel Mura Morales Juan Miguel **DÓNDE ESTÁS** Núñez Espinoza Ramón Osvaldo **DÓNDE ESTÁS** Olivares Graindorge Jorge Alejandro **DÓNDE ESTÁS** Orellana Meza José Guillermo Orellana Pérez Luis Emilio **DÓNDE ESTÁS** Pallini González Rosetta Gianna Parada González Alejandro Arturo **DÓNDE ESTÁS** Poblete Córdova Pedro Enrique Quiñones Lembach Marcos Esteb **DÓNDE ESTÁS** Ramírez Rosales José Manuel **DÓNDE ESTÁS** Reyes González Agustín Eduardo Reyes Piña Daniel Abraham Riveros Villavicencio Sergio Alberto Rojas Castro Pedro Patricio **DÓNDE ESTÁS** Rubilar Morales Gerardo Ismael **DÓNDE ESTÁS** Saa Pizarro Julio Andrés Salamanca Morales Ernesto Guillermo Salas Paradisi Jorge Miguel Salcedo **DÓNDE ESTÁS** Morales Carlos Eladio Sarmiento Sabater Hernán **DÓNDE ESTÁS** Sepúlveda Troncoso Marcela Soledad Tormen Méndez Sergio Daniel Toro Romero Enrique Segundo Troncoso **DÓNDE ESTÁS** Muñoz Ricardo Aurelio Uribe Tamblay Bárbara Gabriela Valenzuela Figueroa Luis Armando

DÓNDE ESTÁS Vallejos Villagrán Alvaro Modesto **DÓNDE ESTÁS** Van Yurick Altamirano Edwin Francisco **DÓNDE ESTÁS** Vera Figueroa Sergio Emilio Villagra Astudillo José Caupolicán Villarroel Ganga Víctor Manuel **DÓNDE ESTÁS** Ziede Gómez Eduardo Humberto Zuñiga Zuñiga **DÓNDE ESTÁS** Eduardo Fernando **Maria Madalena** FOI NO CHOQUE **Alessandra Martins** NÃO SAIU DO CHOQUE **Maria da Consolação** DENTRO DO CAIXÃO **Jorge Correa de Jesus** SAIU DE BARBACENA **Antônio de Oliveira** PARA CUBA DE FORMOL **Daniel de Jesus** FOI JUNTO SEIS MIL ARGENTINOS PARTIRAM NO VOO DA MORTE O VOO LEVAVA SEIS MIL ARGENTINOS SEIS MIL ARGENTINOS PARTIRAM EM UM VOO NO VOO DA MORTE SEIS MIL HERMANOS ARGENTINOS SOBREVOARAM EL VALLE MONTAÑA EL PAMPA EL MAR DESPENCARAM DO CÉU SEIS MIL ARGENTINOS LA LLUVIA EN EL PELO UNA SONRISA ANCHA EN CINCO MINUTOS QUEDÓ DESTROZADO SEIS MIL ARGENTINOS NÃO REGRESSARAM MORAM NA ESCURIDÃO DO MAR SEIS MIL ARGENTINOS O VOO DA MORTE PARTIU COM SEIS MIL ARGENTINOS SOMENTE O AVIÃO REGRESSOU PARA BUSCAR MAIS SEIS MIL ARGENTINOS MAIS SEIS MIL MAIS SEIS MIL MAIS SEIS MIL 30 MIL ARGENTINOS ESTÃO NO SUBMARINO AFOGADO PICANA ELÉTRICA SUBMARINO SECO RATO NO CU RATO NA VAGINA SON CINCO MINUTOS LA VIDA ES ETERNA EN CINCO MINUTOS **DÓNDE ESTÁS** MANUEL **Adalberto Oliveira dos Santos 34** Morto com 1 facada **Adão Luiz Ferreira de Aquino 23** Morto com 4 tiros **Adelson Pereira de Araújo 30** Morto com 1 tiro **Agnaldo Moreira 27** Morto com 3 tiros **Aílton Júlio de Oliveira 24** Morto com 5 tiros **Alex Rogério de Araújo 22** Morto com 2 tiros **Alexander Nunes Machado da Silva 20** Morto com 8 tiros **Almir Jean Soares 22** Morto com 7 tiros **Antonio Alves dos Santos 38** Morto com 2 tiros **Antonio da Silva Souza 24** Morto com 2 tiros **Antonio Luiz Pereira 27** Morto com 5 tiros **Antonio Márcio dos Santos Fraga 19** Morto com 3 tiros **Antonio Quirino da Silva 29** Morto com 4 tiros **Carlos Almirante Borges da Silva 29** Morto com 5 tiros **Carlos Antonio Silvano Santos 22** Morto com 7 tiros **Carlos César de Souza 28** Morto com 5 tiros **Claudemir Marques 23** Morto com 3 facadas **Cláudio do Nascimento da Silva 35** Morto com 5 tiros **Cláudio José de Carvalho 20** Morto com 8 tiros **Cosmo Alberto dos Santos 27** Morto com 8 tiros **Daniel Roque Pires 26** Morto com 18 facadas **Dimas Geraldo dos Santos 27** Morto com 4 tiros **Douglas Alva Edson de Brito 31** Morto com 10 facadas **Edílson Alves da Silva IGNORADA** Morto com 2 facadas **Edivaldo**

Joaquim de Almeida 27 Morto com 3 tiros **Edson Luiz de Carvalho 25** Morto com 6 tiros **Elias Oliveira Costa 19** Morto com 10 tiros **Elias Palmigiano 22** Morto com 4 tiros **Ermeson Marcelo de Pontes 21** Morto com 3 tiros **Erisvaldo Silva Ribeiro 24** Morto **Francisco Antonio dos Santos 27 anos** Morto com 6 facadas **Francisco Ferreira dos Santos 32 anos** Morto com 4 tiros **Francisco Rodrigues Filho 25** Morto com 2 tiros **Gabriel Cardoso Clemente IGNORADA** Morto com 4 tiros **Geraldo Martins Pereira 28** Morto com 6 tiros **Geraldo Messias da Silva 29** Morto com 1 tiro **Grinário Valério de Albuquerque 24** Morto com 6 tiros **Jarbas da Silveira Rosa 21** Morto com 4 tiros **Jesuíno Campos 27** Morto com 6 tiros **João dos Santos 30** Morto com 4 tiros **João Carlos Rodrigues Vasques 25** Morto com 1 tiro **João Gonçalves da Silva 21** Morto com 3 tiros **Jodílson Ferreira dos Santos 33** Morto com 2 tiros **Jorge Sakai 25** Morto com 8 tiros **Josanias Ferreira Lima 25** Morto com 3 tiros **José Alberto Gomes Pessoa 22** Morto com 3 tiros **José Bento da Silva Neto 32** Morto com 3 tiros **José Carlos Clementino da Silva 22** Morto com 6 tiros **José Carlos da Silva 27** Morto com 7 tiros **José Carlos Inajosa 34** Morto com 4 tiros **José Cícero Angelo dos Santos 20** Morto com 5 tiros **José Cícero da Silva 29** Morto com 3 tiros **José Domingues Duarte 29** Morto com 5 tiros **José Elias Miranda da Silva 23** Morto com 4 tiros **José Jaime Costa da Silva 25** Morto com 6 tiros **José Jorge Vicente 31** Morto com 2 tiros **José Marcolino Monteiro 25** Morto com 3 tiros **José Martins Vieira Rodrigues 34** Morto com 5 tiros **José Ocelio Alves Rodrigues 20** Morto com 5 tiros **José Pereira da Silva 45** Morto com 10 facadas **José Ronaldo Vilela da Silva 23** Morto com 6 tiros **Jovemar Paulo Alves Ribeiro 27** Morto com 1 tiro **Juarez dos Santos 24** Morto com 4 tiros **Lucas de Almeida 25** Morto com 4 tiros **Luiz Carlos Lins 26** Morto com 3 tiros **Luiz César Leite 29** Morto com 4 tiros **Luiz Enrique Martin 26** Morto com 6 tiros **Luiz Granja da Silva Neto 34 Mamede da Silva 24** Morto com 8 tiros **Marcelo Couto 19** Morto com 3 tiros **Marcelo Ramos 22** Morto com 9 tiros **Marcos Antonio Avelino Ramos 28** Morto com 4 tiros **Marcos Rodrigues Melo 21** Morto com 1 tiro **Marcos Sérgio Lino de Souza 20** Morto com 5 tiros **Mário Felipe dos Santos 24** Morto com 7 facadas **Mário Gonçalves da Silva 32** Morto com 5 tiros **Maurício Calió 28** Morto com 4 tiros **Mauro Batista Silva 29** Morto com 7 tiros **Nivaldo Aparecido Marques de Souza 24** Morto com 8 tiros **Nivaldo Barreto Pinto 23** Morto com 4 tiros **Nivaldo de Jesus Santos 29** Morto com 9 tiros **Ocenir Paulo de Lima 29** Morto com 4 tiros **Olívio Antonio Luiz Filho 23** Morto com 4 tiros **Osvaldo**

Moreira Flores 37 Morto com 5 tiros **Paulo Antonio Ramos 28 Paulo César Moreira 21** Morto com 9 tiros **Paulo Reis Antunes 27** Morto com 4 tiros **Paulo Roberto da Luz 27** Morto com 6 tiros **Paulo Roberto Rodrigues de Oliveira 31** Morto com 2 tiros **Paulo Rogério Luiz de Oliveira 25** Morto com 1 tiro **Reginaldo Ferreira Martins 23** Morto com 7 tiros **Reginaldo Judici da Silva 35** Morto com 2 tiros **Robério Azevedo Silva 27** Morto com 3 tiros **Roberto Alves Vieira 28** Morto com 6 tiros **Roberto Aparecido Nogueira 27** Morto com 5 tiros **Roberto Rodrigues Teodoro 24** Morto com 2 tiros **Rogério Piassa 27** Morto com 3 tiros **Rogério Presaniuk 24** Morto com 6 tiros **Ronaldo Aparecido Gasparino 26** Morto com 7 tiros **Samuel Teixeira de Queiroz 23** Morto com 5 tiros **Sandoval Batista da Silva 23 Morto com 1 tiro Sandro Roberto Bispo de Oliveira IGNORADO** Morto com 3 tiros **Sérgio Angelo Bonani 22** Morto com 6 tiros **Stéfano Ward da Silva Prudente 22** Morto com 13 tiros **Valdemar Bernardo da Silva 32** Morto com 3 tiros **Valdemir Pereira da Silva 20** Morto com 7 tiros **Valmir Marques dos Santos 23** Morto com 7 facadas **Valter Gonçalves Caetano 21 Morto com 5 tiros Vanildo Luiz 23** Morto com 6 tiros **Vivaldo Virgulino dos Santos 28** Morto com 4 tiros **Walter Antunes Pereira 28** Morto com 4 tiros **PRA ONDE FOI TU VAGO-MESTRE É NÓIS É NÓIS É NÓIS É NÓIS MANO** Ku zo gida **HAUWA NTAKAY** Bịa n'ụlọ **SARATU AYUBA** Wá ile **RUTH AMOS** Ku zo gida **CONFORT ABILA** Wá ile **ESTER USMAN** Bia n'ulo Wá ile kananan yan mata **Na-ebelata na mama niile umụ agbọghọ nke Chibok! Amen! Amin! Amém!**

Tripinha

Depois que Lorenzo, o Professor, na companhia de milhares de passageiros e passageiras, a maioria na flor da idade, partiu no rabo de um Zeppelin gigante, aconteceram outras perdas sentidas no elenco do Cruzeirinho da Aparecida.

Tripinha, o lateral esquerdo, que adorava roubar a bola dos pontas adversários com a bunda ralando no chão, levou um carrinho fatal da meningite.

A moléstia acertou em cheio sua cabeça, espalhando bactérias, inflamações, secreções purulentas, supurações, púrpuras e hemorragias por toda parte do seu corpo varapau.

Foi um choque.

A epidemia atingiu Melgaço, justamente no ano em que o Emerson Fittipaldi, pilotando uma Lótus John Player Special preta e dourada, consagrou-se campeão de Fórmula 1.

Depois de ter levado definitivamente a Jules Rimet, a Capitania tornou-se também a maioral no esporte de carros de corrida.

Despontava entre os dez países mais ricos do mundo.

O encadeamento dessas realizações esportivas com as econômicas dava a prova definitiva de que o milagre tinha se consumado, que a nação era mesmo abençoada por Deus, além de bonita por natureza.

Alarmar os riscos da doença infecciosa — coisa de subdesenvolvidos — em meio a tanta euforia, nem pensar.

Uma ordem superior calou o Notícias Populares, o Combate, Diário do Amanhã, o Estrela Diária — nome dado a um dos jornais da cidade em homenagem ao Daily Planet, noticioso no qual trabalhava o famoso repórter Clark Kent —, a PRB-8, a Difusora Megalcence, os alto-falantes da praça da matriz, a perua de som do Sindicato dos Ceramistas, a matraca do jornaleiro da feira, a língua da vizinha, os demais veículos de informação impressos, televisivos e de radiofusão, inclusive, dando ordem de prisão a todos os pombos-correios da criação do Migueljuana.

Miguel pregava aos quatros cantos que, com o fim do rádio, dos telégrafos, telefones, jornais e cartas, a *Paloma livia domestica* seria o único meio de comunicação a sobreviver no futuro.

Por ser adepto à legalização da *marijuana*, com argumentos fortes a favor dos efeitos curativos e resplandecentes da *cannabis*, era um homem de visão. Todos em Melgaço o chamavam de Profeta das *Avis raras*.

Sem ter por onde se informar, a fim de esclarecer os receios, as pessoas recorreram aos chás de abacateiro, erva-de-urina, dente-de-leão, às infusões de gengibre, inhame, galanga, aos óleos expurgadores, aplicações de sanguessugas, benzeções, amarras de lenço no pescoço, à farmácia do seu Anestor, à fumega de mixórdia de ervas e raízes, às preces suplicantes por intercessões do padre Mariano, São Lucas, São Judas Tadeu e de São Roque, aos cultos a Omulu-Abaluaiê para aplacar a fúria do Orixá de Palhas, ao uso de ametistas, ágatas de fogo, kryptonitas azuis, citrinos amarelos, dioptásios e outros cristais trazedores de boas energias.

Tentou-se de tudo.

Até o cacique Raoni e o Sapaim vieram ao município para ritos de pajelanças contra a peste que aleijava, abaulava moleiras, enterrava, deixava cegos e moucos quem cruzasse seu caminho.

De nada adiantou.

Incautos maldiziam que a doença era um castigo enviado por Deus contra seu povo infiel.

Migueljuana profetizava que a fatalidade prenunciava a passagem do Cometa Halley sobre a Terra.

Terraplanários injuriavam os comunistas por terem selecionado tais micróbios assassinos, com o intuito de provocarem a 4ª Guerra Mundial.

Outros culpavam os bugios, guaribas, micos, saguis, os bandos de primatas sapecas que habitavam as derradeiras matas agonizantes no entorno de Melgaço.

Em virtude dessas maledicências, uma verdadeira carnificina se abateu sobre as famílias dos símios, não restando nenhum filhote, jovem, adulto, velho, exemplar fêmea ou macho, para lá do alto das árvores frondosas alertarem os humanos da chegada de outros andaços pestilentos e fatais.

Loretta

Uma perda irreparável para o bando de proprietários imaginários de Opalas, Rabos de Peixe, Galaxys, Landaus, Maverick V8, DKW, SP-2, Karmann Ghia, Dodge Plymouth, Zé do Caixão, Ford Mustang e outras marcas de automóveis que, poucas vezes, roncavam pelas ruas do bairro da Aparecida, foi a mudança de Loretta para o Rio de Janeiro.

Quando partiu, no Aero Willys celeste da família, tinha acabado de completar dezessete aninhos.

Reclinada no banco traseiro, seus peitos exatos e tesos, ao ponto de agarrarem-se todo tão somente na palma de uma mão, sugestionavam o Pão de Açúcar se derramando ao cair da tarde nas areias de Copacabana, como uma princesinha do mar.

Loretta, à semelhança da cidade dona do seu destino, estava maravilhosa.

Nem mais um carro, nenhuma nuvem, ao menos um galho a balançar, sequer uma folha a cair na calçada, nem o sol a raiar por cima dos paralelepípedos, onde o brilho dos seus olhos salpicava estrelas no chão.

Ao entardecer daquele dia, exatamente às cinco horas, somente um vento alísio trazia de volta aos sentimentos seu perfume, enquanto sua imagem evaporava para sempre ao dobrar a esquina daquele quarteirão que já fora, algum dia, encantado.

Loretta, a que era doce, acabou-se.

O seu jeito delicado, gracioso, encarnado no corpo delgado, plástico e esguio, abriu as portas do Corpo de Baile do Teatro Municipal ao seu talento de bailarina tantas vezes apreciado à frente da fanfarra do colégio.

Passou a viver aos pés do morro Dois Irmãos, sem que nenhum daqueles pivetes tivesse conseguido roubar-lhe um beijo sequer.

Todos os meninos, sem pôr nem tirar, a partir daquele momento, ficariam presos, pelo resto da vida, àquela imagem de mulher que habitou na juventude os inúmeros sonhos que deixaram marcas de orgasmos adormecidos nos lençóis das suas camas de celibatários.

Alguns, até hoje, mesmo bem acompanhados, são atormentados à noite pela paixão não correspondida do primeiro amor das suas vidas, que tão cedo acabou e só a dor deixou.

Somente os meninos de Melgaço tornaram-se capazes de sentir e compreender o sentido léxico, emotivo desta palavra única, íntima, desmedida:

— Saudade.

Quem não vinha dali, nem tinha conhecido Loretta, quando eles pronunciavam essa expressão, os julgava loucos, pirados, delirantes, insensatos, desvairados, febris, drogados, ou, então, que falavam javanês.

Pescoço

O próximo sumiço dolorido, no meio daquela garotada acesa, não teve a intervenção da morte matada nem a ajuda da morte morrida.

Pescoço esvoejou dali num desatino.

Surtou.

André era um menino lampeiro e levado.

Sua residência dava de muro com o sobrado dos Paschoalloto.

Seu Lombardi, o pai, caboclo bronco curtido na dura lida da roça, tinha um gênio xucro que perdurava por demorados prazos, não enviando quaisquer sinais de alerta de qual seria o dia em que sua raiva iria explodir por sobre a cabeça e o couro de um dos filhos.

Muitas vezes, os dois meninos e a menina tomavam sovas homéricas por travessuras irrelevantes, triviais da idade.

Em outras situações, após praticarem terríveis diabruras, o pai sequer ralhava ou deixava de castigo.

Ficava praticamente impossível antever quando a pisa pra valer iria calhar.

Em uma ocasião, Pescoço, que adorava dar mergulhos nos corgos da redondeza, após retornar para casa, desprevenido, foi apanhado, chacoalhado e levado pelos braços do seu Lombardi, que estava de espreita atrás da cortina da sala.

Naquele dia, gritos de aflição, uivos desesperados, clamor por piedade cortaram os ouvidos de toda a Melgaço.

Os sinos da igreja dobravam, pontualmente, às cinco horas da tarde.

Foi uma surra exemplar.

Daquelas de vergar o corpo, quebrar ossos, sangrar a alma, aturdir sentidos, desconjurar lembranças.

André, um ás nos estilos pescoção e cachorrinho, naquele sinistro dia, estava orgulhoso dos seus feitos de nadador de lagoas, arroios e rios.

Acabara de ser consagrado campeão em prender o fôlego.

Bateu seu próprio recorde de cinco minutos, em sessenta segundos.

Trazia no samburá de lata cinco cascudos chorões, apanhados por ele em mergulhos destemidos em águas barrentas no fundo de locas inseguras.

Seu aquário esverdeado, confeccionado de garrafão cortado um bocado acima do meio com barbante untado no álcool, ficaria um brilho com aqueles acaris comendo todos os bafios do vidro.

Além dessas proezas, tinha se pinchado do alto da pedra de cabeça, em pé, virando piruetas, dando rodopios, mortais, parafusos, de olhos vendados e outros tipos de saltos ornamentais, atingindo sempre a mosca da boia de pneu de caminhão localizada bem no centro do brejo.

Portava, ainda, uma barrigudinha de rabo vistoso, idêntico aos leques abanados por dançarinas flamencas, com as cores vivas vermelha, amarela e royal.

Seria seu regalo para Loretta, na tentativa esperançada de amolecer seu coração.

Julgando-se o próprio Teseu, suspirava espalhar seus heroísmos por todas as rodas da rua, às pessoas queridas.

Não deu tempo.

Foi pego antes de começar a abrir a boca pelo muque e mãos calejadas do seu velho pai, que o levou, desconsiderado, para o tronco do aleijão.

Os cascudos vazaram por entre os vãos do assoalho.

A barrigudinha estertorou até descolorir-se completamente na apneia fatal.

Ao fundo, uma chibatada.

Um grito...

Duas chibatadas.

Um ai...

Três chibatadas.

Um urro...

Quatro chibatadas.

Um gemido...

Cinco chibatadas.
Um sussurro...
Seis chibatadas.
Um brado...
Sete chibatadas.
Uma súplica...
Oito chibatadas.
Um ulo...
Nove chibatadas.
Um berro...
Dez chibatadas.
Uma trégua.

Onze chibatadas.
Um eco...
Doze chibatadas.
Um suspiro...
Treze chibatadas.
Um queixume...
Catorze chibatadas.
Uma jura...
Quinze chibatadas.
Um pedido...
Dezesseis chibatadas.
Um clamor...
Dezessete chibatadas.
Uma promessa...
Dezoito chibatadas.
Uma última lágrima...
Dezenove chibatadas.

Pai, perdão, pai...

Vinte chibatas.

Um imprestável.

Uma penúltima dor se derramaria, ainda, sobre aquele traste de pirralho rendilhado pelo relho de rabo de tatu, antes que a mais doída e ultrajante humilhação atingisse o tutano da sua alma de menino recoberta de vergões.

Após ser mergulhado em banhos de salmoura, Andrezinho foi posto em exposição em cima da quina da murada que resguardava o portão de entrada da sua casa.

Abandonado de seja qual for compaixão, Pescoço era o exemplo do que acontece quando os filhos não correspondem aos anseios e às ordens dos pais.

Decorridos uns dias, André apareceu desleixado, sem banho tomado, cabelo desgrenhado, unhas de gavião, irreconhecível.

Não falava coisa com coisa.

Em plena luz do dia, jurava ver a cavalaria, com seus cavalos marchadores e pastores-alemães domados, vindo ao seu encalço, desembrenhando-se para debaixo da cama.

Desconfiava que sua mãe o quisesse envenenar, entrando em manias de abstinências.

Ouvia vozes do além, que dizia ser a do Professor, alertando-o de que seres de outro planeta viriam matá-lo.

Passava noites em claro, remoendo incertezas se tinha rezado a todos os santos e santas que povoavam as paredes, as cômodas e oratórios espalhados pela residência.

Hesitante, repetia o mesmo rito e estações da via sacra diversas vezes.

Ao adentrar sua morada, cismava que lobisomens, vampiros, a mula sem cabeça, uma legião de minotauros, ogres e ciclopes estariam escondidos atrás das portas, cortinas, dentro dos armários, para comê-lo.

Desconfiado, entrava sempre de costas, em posição de prontidão.

Todas essas doideiras, bizarrices e pânicos foram aumentando com o tempo.

Certo dia, quando todos os meninos estavam, como de costume, sentados no muro, no aguardo de mais uma chance de avistarem aquela garota ressurgindo cheia de graça, balançando como um poema, na descida da rua das Hortênsias, André chegou com um olhar esbugalhado, luminoso.

Com o dedo em riste, excomungou a turma toda com versículos declamados da Bíblia:

"*Será, porém, que*, se não deres ouvidos à voz do *SENHOR, teu Deus, para não cuidares em fazer todos os seus mandamentos e os seus estatutos, que hoje te ordeno, então, sobre ti virão todas estas maldições e te alcançarão: Maldito serás tu na cidade e maldito serás tu no campo. Maldito o fruto do teu ventre, e o fruto da tua terra, e a criação das tuas vacas, e os rebanhos das tuas ovelhas. O SENHOR* te ferirá com a tísica, e com a febre, e com a quentura, e com o ardor, e com a secura, e com destruição das sementeiras, e com ferrugem; e te perseguirão até que pereças. O *SENHOR* te ferirá com as úlceras do Egito, e com hemorroidas, e com sarna, e com coceira, de que não possas curar-te. O *SENHOR* te ferirá com loucura, e com cegueira, e com pasmo do coração. Desposarás com uma mulher, porém outro homem dormirá com ela; edificarás uma casa, porém não morarás nela; plantarás *uma* vinha, porém não lograrás o seu fruto. Teus filhos e tuas filhas *serão* dados a outro povo, os teus olhos *o* verão, e após eles desfalecerão todo o dia; porém não *haverá* poder na tua mão. *E o SENHOR* vos espalhará entre todos os povos, desde uma extremidade da terra até à outra extremidade da terra; e ali servirás a *outros deuses que não conheceste, nem tu nem teus pais; servirás à madeira e à pedra. Pela manhã, dirás: Ah! Quem me dera ver a noite! E à tarde dirás: Ah! Quem me* dera *ver* a manhã! E o *SENHOR* te fará voltar ao Egito em navios, pelo caminho de que te tenho dito: Nunca jamais o verás; e ali sereis vendidos por servos e por servas aos vossos inimigos; mas não haverá quem *vos* compre."

(Deuteronômio, 28)

Após esse episódio, que deixou todo mundo da Aparecida alarmado, chamaram o frei Tobias na tentativa de exorcismo.

Giuseppina receitou leite de coco com sementes de abóbora, pois aquelas doiderices podiam ser infestação de vermes.

Izalina foi convocada para expulsar mandingas de vodu.

A mãe, sem que o marido soubesse, levou André ao Terreiro da Marta, na esperança de Exu pôr ordem nos seus miolos.

Recorreram até ao médium Zé Arigó, como último recurso, na tentativa de uma cirurgia espiritual, para livrar Pescoço daquele mal na cabeça.

De nada adiantou.

André, o maior nadador estilo pescoção e cachorrinho de rios, córregos e lagoas, mergulhador destemido, caçador de cascudos, barrigudinhas e arraias, o saltador mais intrépido daquelas barrancas, pedras e bancas, submergiu, feito um escafandrista, nas águas geladas, escuras e profundas do Hospício de Barbacena.

Foi um causo sem comparação.

Chiclé

Finalmente, a fim de esquecer-se da memória as lembranças desalegres, Mario Mattos, o Chiclé, sobrinho e filho adotivo do árabe Zayn, partiu em um comboio para as estrelas, no raiar dos anos oitenta.

Mario era um garoto diferente.

Não ficava muito tempo conversando com a turma, nem se sentia bem quando o papo era sexo.

Considerado o mais bonito do bando, uma mistura de Apolo, Adônis e Narciso, mirava com olhos azuis.

Enquanto a maioria dos meninos, nos intervalos dos cortes de cabelo modelo quadradinho, só usava pente Flamengo, Chiclé manejava escovas, o secador da irmã, deixando as ondulações de seu topete impecáveis.

Gostava de retirar todos os pelos que apareciam pelo corpo.

Sempre bem-vestido, era o único que só usava calças compridas de tergal, boca de sino, estampadas com cores brilhantes, blusa de gola rolê, botinhas pretas de salto alto que não ficavam nem um santo dia à espera de graxa e lustre.

Queridinho das garotas, nas brincadeiras dançantes, onde as paqueras eram animadas por fundos musicais românticos, sempre era visto na roda com a Cris, a Marta, a Katiuscia, Loretta, Fernanda, Maria José, rindo desregradamente, trocando mexericos inocentes, enquanto atirava olhares insinuantes para o grupo de jovens com o Ponche na mão.

Excelente dançarino de salão, tanto para danças agarradas quanto para soltas, era o mais requisitado para valsar com as debutantes nas festas de quinze anos.

A molecada morria de inveja dele, apesar de nunca o ter visto de mãos dadas, abraçado ou beijando qualquer menina, a não ser para gestos de consolo frente aos finais sempre pranteados de namoros adolescentes repentinos.

Não se sabe se por desilusão, após aquela fatídica final contra o Grêmio da Mascagni, quando o Professor foi sumido da sua vida, abandonou o futebol, distanciou-se da turma e começou a frequentar o Clube do Rotary com seus pais.

Enturmou-se nos grupos de jovens seguidores do filantropo americano Paul Percy Harris, sendo escolhido, depois de muito aplaudir o pavilhão nacional, para fazer intercâmbio nos Estados Unidos da América.

Foi morar, por um ano, em San Francisco.

Ao retornar a Melgaço, os amigos foram esperar o colega ávidos por novidades.

Afinal, o internacional Chiclé era o morador da Aparecida pioneiro nas viagens a um país estrangeiro.

Mario estava afilado, com uma tosse seca esquisita.

O semblante bastante debilitado.

Talvez, pelo cansaço da viagem, pensaram.

Seis meses depois, o sol apagou sua luz, precisamente às cinco da tarde.

Sem que tivesse tempo para arrumar a cama, a vida o levou, breve, antes que ele a levasse ao rumo de uma ideologia para viver.

Vida louca.

O Progresso

Depois que vieram as melhorias, asfalto, pronto-socorro, ambulância, academia de ginástica ao ar livre, centro poliesportivo, não obstante o bairro ter ficado mais embelezado, virou mais difícil viver ali.

Antigamente, as pequenas desavenças na vizinhança, rusgas entre marido e mulher, brigas de crianças e outras pendengas se resolviam com uma simples conversa, pedidos de desculpas.

Depois que chegou o progresso, os litígios tornaram-se mais pesados, de complicada conciliação.

O único jornal que restou na cidade — O Combate — passou a reservar um caderno somente para as notícias policiais.

Diariamente, estampava manchetes do gênero:

"Bispo chuta a santa em culto pentecostal, bem no dia da Padroeira"; "Pastores botam fogo em despachos nas encruzilhadas de Melgaço"; "Obreiros picham o muro do Terreiro da Marta com a frase: 'Aqui é Morada do Demônio. Casa de Satanás. Queima, queima, queima, em nome de Jesus!'"; "Padre é pego praticando pedofilia"; "Gangues de musculosos arianos com suásticas tatuadas no peito batem em travestis, mulheres da vida, bichas, pretos, pobres e nordestinos aos gritos de Mito"; "Chefões de fora explodem bancas do bicho"; "Galos de brigas são encontrados mortos misteriosamente, enquanto proliferam máquinas caça-níqueis em todos os botecos de esquina"; "Guardas municipais, em pleno inverno, esguicham água gelada por sobre os corpos trêmulos dos moradores de rua"; "Fiscais da prefeitura passam demão de cal cinza e apagam as coisas belas do Kobra, dos Gêmeos, Zezão, Crânio, Binho Ribeiro, Alex Senna, Speto, do Nunca e de tantos outros grafiteiros anônimos"; "Milicianos, a mando de políticos, assassinam líderes comunitários"; "Policiais atiram em meninas e meninos negros sem perguntar identidades"; "Mulher é morta a golpes de machado, na frente dos filhos, pelo ex-marido".

Em Melgaço, cada ribanceira virou uma nação.

1982

1982 iniciou, repetindo o enredo de quatro anos atrás, com a esperança dos canarinhos voarem em busca do caneco.

O povo só não tinha se dado conta de que o ano alvoreceu sob a regência astral do galo, um bicho que não cisca para a frente de jeito nenhum.

Comandada pelo mestre Telê Santana, treinador apaixonado pelo futebol-arte, toda a nação tinha plena certeza de que a nossa seleção afundaria na profunda amnésia o último campeonato levantado pelos vizinhos *hermanos*. Diga-se de passagem, graças à mala preta entregue aos dirigentes e jogadores do Peru — outro bicho azarento esgravatador de traseiro —, que amoleceram o jogo da semifinal para a anfitriã Argentina comandada pelo General Videla.

Depois da eliminação da seleção do militar-capitão, técnico de proveta Cláudio Coutinho, com suas teorias de *overlaping*, ponto-futuro, Edinho improvisado na lateral, Dirceu Borboleta elevado ao posto de maestro do time, Gil pela ponta-direita, a não convocação do Falcão e a intromissão do presidente da CBF, almirante Heleno Nunes, impondo a substituição de Zico e Reinaldo por Roberto Dinamite e Jorge Mendonça, entre tantas outras mazelas, a torcida cultivava o sonho de que 1982 marcaria a redenção da Capitania não só "futebolisticamente, mas politicamente, economicamente e, também, sexualmente", parafraseando o repórter de campo J. D' Villa, o famoso Cu de Pinto.

Waldir Peres, Leandro, Oscar, Luizinho e Junior, Toninho Cerezo, Falcão, Sócrates e Zico, Careca e Éder formavam um timaço, a nata do nosso esporte bretão.

No entanto, novamente as expectativas não caminharam conforme o idealizado pelos generais, dirigentes esportivos, meios de comunicação e patrocinadores.

Isso porque — não tenho mais dúvidas — o imperialismo americano, a Comunidade Comum Europeia, os Tigres Asiáticos, tucanos, os perus, todos os bichos penados, de couro, fardados, de escamas, os bípedes e quadrúpedes, bodes e crustáceos, os astros, estrelas, foices e martelos, as pirâmides de cristais, triângulos, as pedras, encostos, espíritos e outros seres animados ou inertes que habitam na, sob e sobre a terra conspiraram, mais uma vez, contra nossa latina nação.

Antes da Copa, Careca e Reinaldo se contundiram, sendo substituídos pelo Chulapa.

Deu tudo errado.

Com seu estilo de centroavante matador reprimido, domesticado, amansado, suas características originais de goleador rebelde, sinistro e grande cabeceador não compareceram aos gramados da Espanha.

Antes da final, a Azurra, com o carrasco Paulo Rossi marcando três gols, vingou-se da derrota de 1970, tornando-se, depois de vencer a Alemanha, a campeã.

A Tragédia de Sarriá tomou conta das ruas de Melgaço.

Os anos 1980, de acordo com os economistas da época, pouco afeitos a sentimentos poéticos e românticos, em função desse e de outros acontecimentos menos importantes, foram chamados de "A Década Perdida".

Novos Ventos

O bairro Aparecida encontrava-se cada vez mais inseguro, insuportável.

Com a mudança de amigos, vizinhos, os filhos morando fora, Hornestino, já aposentado, resolveu trocar de ares.

Procurou um lugar pequeno, pacato, onde pudesse comprar uma gleba junto a uma casinha de alvenaria ao pé da serra.

Àquela altura, sabendo-se mais possuidor de passado do que futuros, queria somente ouvir as sonoridades lentas, quebrar os relógios do tempo, deixar de marcar os dias sucessivos, cronologicamente, como quem pica o cartão de ponto.

Encontrava-se na idade das intensidades e não mais das quantidades, das larguras e não dos comprimentos, do gosto pelo mais simples ao invés do complicado e da satisfação de necessidades básicas, deixando as supérfluas lá no fim da fila de suas prioridades.

Estava na hora de aquietar o coração, evitar desassossegos.

Imaginou uma região sem muitas agitações, onde o sol se levantasse todo dia sem hora marcada, a terra corasse ao cair da tarde, a noite acolhesse a lua em veneração e ele, ao lado da sua companhia de campanha, pudesse alongar as horas por intermédio do esforço de não fazer nada.

Escolheu Cocalzinho, uma corruptela amena, perto da capital.

Entre os motivos da opção, ponderou o fato de que alguns coetâneos tinham se mudado para cerca dali e mandavam boas notícias.

Afora essa razão, pesaram as circunstâncias de que ele e Egger não estariam muito distantes do filho, filhas, netos, netas e dos recursos de uma cidade grande, principalmente no caso de apuros da saúde.

— Viver é nascer e morrer, morrer e nascer simultaneamente, e nesse nascer e morrer coincidente já não se é o mesmo. Nem o mesmo outro que compartilha comigo mesmo o mesmo tempo de vida, nem mesmo eu mesmo que fui até há pouco, mas não sou mais.

Hornestino fabricava filosofias estoicistas, enquanto revisitava reminiscências.

Desejava apenas, nesse momento de muitos crepúsculos e raros alvoreceres, saborear a sobrecoisa, as preciosidades que somente são encontradas quando se tem a intenção de sair de viagem enveredado pelas invocações do ser, deixando nas beiradas do caminho os apegos do possuir.

Sentia-se pronto para degustar cada minuto, ao lado da sua Egger, cultuando suas manchas senis, dobras, rugosidades, lentidões, acariciando, um no outro, cada deslembrança, as nuances prateadas dos seus espaçados cabelos, umedecendo compassadamente as securas que o vento e os muitos sóis roçaram na superfície de suas peles.

Assim fizeram.

Vieram tempos felizes e, com eles, chegaram também os tristes, onde a espera é áspera, a solidão é sólida e não há como largar o que se está sentindo no colo de alguém.

— A água aguarda líquida o tempo do fogo lento evapora o fogo consome o ar a lenha cinza a terra recolhe o humo prenha a luz é o fruto denso manga o vento balança o galho podre no chão o germe e as folhas dormem o sol tempera a carne gosma o ar esquenta o mar condensa a nuvem pesa entrega a chuva o rio represa a água fluida o tempo engole o fogo voa.

E desse jeito, sucessivamente, a vida vai e volta, se esvai e renasce, sempre.

Hornestino, na pressa de permanecer vivo, inventava quasepoemas saramagonianos, pespontava hachuriamentos nas palavras, enquanto coçava o dedão do pé.

Pressentia que a hora do seu destino estava batendo à porta.

A fortuna já tinha levado alguns dos seus entes mais benquistos, poucos anos atrás.

Por mais que tentasse amarrar sua alma ao mastro do seu corpo, rogando aos deuses para que as cordas não arrebentassem, tinha a exata consciência de que estava por um triz, assim como sua enamorada.

Por isso, tinha precisão de repetir, de contar de novo, dizer mais uma vez, outra vez, reiteradamente, várias vezes, muitas vezes, novamente, e de novo, mais uma vez, outra vez, várias vezes, dezenas, centenas, milhares de vezes o quanto a amava.

Como um cão de guarda, ficava arisco para qualquer alteração nos ritmos fisiológicos, nos líquidos e sólidos excretados dos seus organismos, nas feições anatômicas do seu corpo e da Egger que, naquela idade, estava muito mais conservada do que ele.

— Hoje, a nossa pressão subiu devido à preocupação com a neta.

— Acho que está se metendo com drogas.

— Tivemos crise de labirintite.

— O neto está desempregado.

— Ontem, sofremos um desarranjo.

— O filho não mandou notícias.

— Estamos preocupados.

— Agora há pouco, sentimos uma fisgada no peito.

— Recebemos a notícia de que mais um amigo de Melgaço faleceu.

— Nessa semana, o intestino ficou preso por causa da briga da filha com o marido.

— Ele é meio violento.

Hornestino poetizava ciências, diagnósticos, enquanto manuseava fotografias retiradas da caixa de suas remembranças.

Madrinha

Embora Maria das Graças tivesse crismado tão somente o primogênito, por tratar os sobrinhos e sobrinhas com encanto das fadas, todos do seu convívio a chamavam afetuosamente assim:

— Madrinha.

Estar pertinho dela para ouvir histórias, relatos de filmes, livros, contemplando suas horas diante da penteadeira de mogno a maquiar-se, banhar-se em perfumes, ou, então, apreciando o cheiro das suas tortas de palmito com bacalhau exalado do forno à lenha, sempre se transformava em um acontecimento sem-par, mágico.

Madrinha trabalhou toda a vida, até jubilar-se, como secretária da Companhia Ligth, dedicando uma parte de suas energias ao atendimento caridoso do telefone, tendo constantemente do outro lado da linha pessoas humildes que, por falta de pagamento e atrasos na conta, estavam em completa escuridão.

O outro resto do tempo, a melhor porção — segundo ela mesma dizia —, dedicava-se aos passeios, às excursões para o Guarujá e Ilha Porchat, às voltas ao derredor da fonte da Praça do Bicho-de-Pé e a bebericar drinks à base de Bourbon e Gin.

Para a época, mulher beber e fumar significava sinal de independência.

Maria das Graças era um tipo bem à frente do seu século.

Vivia falando para a Egger, quando a gente se desentendia, que a liberdade era a nossa própria substância, a nossa razão de ser.

— Não se nasce mulher, torna-se.

Esses conselhos, dados à sua cunhada e minha esposa, me deixavam meio cismado, contrariado com ela.

Outras vezes, até concordava com suas ponderações de que, não importando quais amarguras e adversidades, o tempo cura, a mágoa passa, a decepção não mata.

— A vida sempre continua.

— Ser livre é querer a liberdade dos demais!

Essa frase ela sempre repetia quando eu não deixava Egger lhe fazer companhia nos programas com as amigas.

Madrinha pensava dessa maneira:

— O segredo da felicidade é viver como todo mundo e ser como ninguém.

Da juventude até à morte, se bastou solteira, mantendo seu coração fora das grades da ilusão de um grande amor.

Gostava do seu canto, seu quarto, da cama espaçosa, de trocar de asas e manter os pés no chão.

Na casa da avó Filoteia, quando a família se reunia sem a sua presença, para relembrar, atualizar os últimos fatos importantes e conservar tradições, corria um segredo de que sua vocação para ciganice tinha como causa duas desilusões amorosas. Suspeita que, assim como a de suas inclinações sexuais, nunca foi conferida por ninguém.

Madrinha não dava corda para tais assuntos.

À sua maneira, viveu feliz a própria solidão, sempre em busca de outros poemas e novos habitantes para sua morada de portas escancaradas para a rua, até o último apagar da luz, que chegou, justamente, no momento em que não tinha mais força de mandar religá-la.

Falta de ar, chiado, tosse persistente, aperto no peito, cansaço, catarro, mais tosse, dispneia, inchaço, dedos cianóticos, infecção, febre, tosse, tosse, falta de ar.

Mandou chamar o médico.

Nem precisou sussurrar trinta e três.

Diagnóstico fechado, prognóstico sombrio, terminal:

Enfisema Pulmonar.

Suas esticadas e prazerosas tragadas, extraídas em caracóis dos filtros dos Lucky Strike, Capri, Kent, Pall Mall, Sagres, Chesterfield, LS, Rothmann, Hollywood, Bervely, Mistura Fina, Luxor, Free, Continental, Califórnia, Minister, além de lhe terem proporcionado em vida um certo charme, destruíram seus alvéolos, cronificaram sua bronquite, apressando sua morte.

Madrinha não era mulher de entregar-se aos braços de ninguém.

Muito menos alguém que chegasse trajado de preto com hora marcada.

Em um belo alvorecer, quase ao raiar do dia, desconfiada de que os minutos se arrastariam mais sofridos, com espumas de sangue a afogando em seu próprio leito, ordenou que a enfermeira abaixasse a lâmpada um pouco mais, a deixasse dormir serena.

Sob o efeito da morfina e da carência de oxigênio no cérebro, alucinava, falava em voz alta, tresvariava segredos.

— Égas, meu amor, deslize sobre meu corpo, assim, mais para baixo, ui, mais, mais...

Tinha pesadelos de polvos, quedas, crianças, frenesis de águas dançantes saindo de dentro das taças do seu Curaçau, enquanto gritava como uma louca de Munch no meio do quarto.

— Surfe pelas ondas dos meus seios repletos de arrepios, assim, assim, ai, mais, mais, chupe, mais, mais, ui...

— Penetre sua prancha por todos os meus túneis, ondulações, assim, devagarinho, espere, mais um pouquinho, mais...

Delirava recolhendo cartões de ponto da chapeira, fechando armários, gavetas, arquivos e elevadores da sua antiga repartição.

Chamava os cavalos prateados que saltavam as balizas do seu aposento, carregando no lombo, em pelo, uma quase menina sem rosto, sem nome, sem sexo, apenas cotos de mãos e pernas, esboços de olhos, de espinha, que acabara de ser tirada do seu útero a golpes de arame enferrujado e infusões de líquidos corrosivos.

— Ester, deita seu corpo sobre o meu...

— Quero deslizar as mãos nas suas coxas...

— Passe as mãos nas minhas coxas, mais, mais para cima, só um pouquinho...

— Uau!

— Me beija!

— Ai...

— Égas, Ester!

— Quem está aí?

Um momento de lucidez.

Madrinha desacorrentou-se do seu balão de oxigênio, foi até à janela do quinto andar do hospital.

Recordou-se pela última vez dos negativos não revelados, das confidências não feitas, das fotos do Guarujá estampadas dentro de binóculos amplificadores de poses, dos Bourbons na Ilha Porchat, do perfume em frascos ainda não abertos, das folhas secas indolentes largadas na cantoneira do quarto, dos papéis de carta em branco, das caixinhas de música hermeticamente fechadas, sentindo a coragem, separou-se de si mesma.

— Jogou-se em um salto desalado.

Foi seu lance final, a fim de se livrar daquela vida nua, agonizante, sobrevivente, onde o café é sem cafeína, o cigarro é sem nicotina, a cerveja é sem álcool, a comida é sem sal, os romances são escritos sem paixão, o sexo é sem tesão, a imagem é uma selfie e o prazer se restringe ao culto obsessivo do próprio corpo.

Na queda — quem testemunhou conta que ela foi se transfigurando, virando um bicho, virando planta, seixos, conchas, pedras, moléculas, átomos, prótons, elétrons, nêutrons, um quark.

O que se viu depois — os que presenciaram a cena juram que ela não tocou no chão — foi a fada se dinamizar em vapor, gás, mercúrio, arsênio, éter, libido, orgônio, luz, um raio, ψυχής.

Em um corpo sem órgãos, Madrinha partiu em direção à Terra do Nunca.

Como uma linha errante, incandescente, uma caosmose no cio, potência virtual, fugiu do seu eu, do seu lar, do mundo, a fim de encontrar-se com seu único, verdadeiro e grande amor:

O Nada.

Lugar onde tudo acontece.

Tio Procópio

Sempre trajando linho puro branco, tanto nas camisas quanto nas calças, tio Procópio era o preferido da avó Filoteia.

Não é cem por cento verdade que os pais gostam dos filhos igualmente.

Talvez, no tamanho do afeto, sim, mas nos jeitos de estimar há muitas diferenças.

Desde que o avô Azevedo faleceu caquético, Procópio, o arrimo da família Veiga, cuidava da mãe com um carinho especial.

Só ele — de acordo com a apreciação dela — é quem sabia a temperatura certa da água do banho, como aparar suas unhas, amarrar seus lenços, arrumar seus cabelos e colocá-la no alpendre em sua cadeira de balanço.

Ao ir ao Centro, onde era coordenador do Grupo de Estudos de Doutrina Espírita, ou quando retornava de qualquer passeio, obrigatoriamente tinha que se posicionar à beira da cama, sentar um pouco ao seu lado e lhe dar um beijo de benção na fronte.

Só depois de cumprido o costume, vovó entregava-se ao sono.

Os amigos comentavam que, por causa desses afazeres maternos, ele não teve tempo de casar-se, embora tenha tido uma grande paixão na vida.

A pretendente não aguentou esperar tanto para oficializar o noivado, desposando-se de um marinheiro que passava férias por aquelas bandas.

Com a morte da mãe, começou a ter sobras de horas para viajar, visitar parentes, dedicar-se mais à banca de livros espíritas da praça central de Melgaço e doar-se aos preparativos da comemoração das bodas de ouro do Centro Divina Luz.

Tio Procópio, com quase oitenta anos, tinha saúde controlada.

Pedalava pelas retas, ladeiras da cidade a bordo da sua bicicleta A-28, Classique-1964, Philips Hercules, entregando boletos de campanhas filantrópicas com desenvoltura, sem dispneias aos esforços.

Mesmo com tudo andando bem com os relógios do seu organismo, sempre que vinha nos visitar, aproveitava para pedir ao sobrinho marcar consultas em várias especialidades médicas.

Tinha mania de consumir todas as novidades de exames da medicina.

Dizia que o pai morreu por falta de recursos.

— Se fosse como os dias de hoje, com tantas tecnologias disponíveis, ele estaria vivinho!

Acreditava.

Por essa razão, e por uma boa dose de hipocondria, agendava *check-ups* semestralmente, aproveitando seu Plano da CASSI.

De tanto procurar, achou um pequeno ateroma, sem maiores repercussões clínicas, em um dos ramos da sua coronária esquerda.

Encucado, foi convencido pelo cardiologista que deveria colocar um *stent* para prevenir um infarto e risco de morte súbita.

Tio Procópio estava animado com o procedimento.

Da mesma forma com que era fervoroso às orações de Emmanuel, fiava-se piamente nos médicos, no arsenal de medicamentos, técnicas, próteses e órteses inventadas pela ciência.

Marcou a operação para uma sexta-feira, no Hospital Beneficência Portuguesa.

Na sala de hemodinâmica, lá estavam toda a equipe de apoio, o doutor com seu roupão asséptico, impecável, com o brasão da *American Heart Association* no ombro, touca e uma máscara a tapar qualquer expressão do seu rosto.

Com uma pequena agulha, sua artéria da coxa foi puncionada, abrindo um orifício através do qual se introduziu um cateter que viajou enguianamente até o coração.

Tio Procópio estava maravilhado.

Deitado na maca, se sentia como personagem principal de um filme futurista, em meio a monitores, holofotes e gases anestésicos.

Assistia seu corpo por dentro.

Como o Homem Invisível, se via transparente, poderoso, inatingível pelas forças do mal.

Chegada a hora da mola de metal desacoplar da nave mãe, o homem adestrado, quase divino, empunhando seu *cuchillo gitano*, num gesto certeiro, removido de sentimentos, de todo apego amoroso, benquerenças, de lirismos lusitanos, mantendo bem a distância entre a intenção e o gesto, com a mão firme executou a sentença, sem se importar se o coração sentia.

O estilete penetrou agudo através das túnicas da coronária descendente.

Vertendo em hemorragia incontrolável tamponou seu miocárdio.

Ao presenciar pela televisão seu sangue a se espalhar feito uma mancha de óleo extravasada de um petroleiro sobre o oceano, tio Procópio chegou a pensar que Emmanuel viria a seu socorro.

Não deu tempo.

No mesmo instante, o braço com a agulha de diamante da sua eletrola de válvulas, teclas de marfim, com capacidade para dez LPs, quase tocava os sulcos do derradeiro disco a cair.

Naquele dia de regozijo pela sua saúde, a trilha sonora tão esperada seria o Bolero de Ravel.

As sequências repetidas dos *naipes* de cordas, percussão, sopros e metais, intensificadas em força a cada instrumento incorporado à melodia, ficaram em suspense.

Tio Procópio nunca mais pôde ouvir o *ostinato* atingir o clímax da explosão *motto* fortíssimo a anunciar o novo Big Bang.

Tudo isso aconteceu, justamente, às cinco horas da tarde.

Os anjos e almas habitantes do limbo e das bordas do Oregon, ao auxiliarem sua passagem pelo buraco negro do Universo, cantaram em homenagem poemas de Mallarmé e poesias do Drummond.

Egger

A única certeza dos relatos do Hornestino, daqui em diante, é a de que Egger descendia de uma linhagem de nobres de Salzburgo.

O filho mais velho, ocupado em obter cidadania europeia, saiu investigando seus antepassados até a quinta geração.

Xerox de certidões de nascimento, casamentos, batismos, retratos, cartas de imigração, cartões postais, selos, diários íntimos e outros documentos, tudo foi catalogado em função do seu intuito.

A primeira opção sempre foi morar nos Estados Unidos, ser cidadão americano.

Devido aos acontecimentos de 11 de setembro, entrar naquele país se tornara impossível, ainda mais para alguém portador do antenome — escolhido pelo pai em homenagem ao famoso cubano fumista de charutos — Fidel.

Restavam México, Canadá, Austrália ou algum país da Europa.

Causou estranheza a visita inesperada do primogênito, que nunca se interessara em escutar memórias dos antepassados, se negando, inclusive, a comparecer aos funerais, bodas de ouro, aniversários de setenta anos, formaturas e casamentos de primos, com caneta e agenda na mão, ávido por saber endereços dos parentes residentes fora e no Brasil.

Egger, sempre muito amanhada, guardava tudo em um caderninho providencialmente deixado ao lado do telefone.

Com as informações nas mãos, o rapaz saiu à caça da parentalha a fim de construir sua árvore genealógica.

De tempos em tempos, regressava a Cocalzinho para expor, conferir e sistematizar o material recolhido.

Hornestino e Egger se distraíam enternecidos com as fotos e papéis antigos.

Cada fotografia avivava recordações das festas, viagens, velórios, nascimentos, mudanças, doenças, dificuldades, casamentos, separações, trazendo de volta a duração do tempo, a continuidade da vida, o orgulho de compor um enredo que lhes dava a sensação certa de pertencimento.

Queriam recordar um para o outro, atiçados por aquelas imagens em branco e preto amareladas, os acontecimentos tristes, alegres, refazer os laços familiares perdidos dentro do esquecimento e amentar, através das notícias do filho interesseiramente biógrafo, as novidades.

A pressa do garoto em conseguir seu objetivo não permitia perdas de tempo com divagações improdutivas.

Hornestino, em função do adiantado da sua doença, divagava, variava, invertia horas, misturava datas, lugares, pessoas.

Sonâmbulo, o futuro, na sua realidade, vinha antes do passado e o presente sucedia o vindouro.

Outras vezes, o agora já tinha acontecido, enquanto o devir personificava-se e o pretérito ficava para depois.

Descrevia cinco mulheres fugindo do Império Austro-Húngaro, após o arquiduque Francisco Ferdinando ser assassinado em Sarajevo.

Saltavam de uma tela, onde o artista, damas de companhia, infantas, anãs e anões, bobos da corte, cachorros, serviçais, o Rei e a Rainha refletidos no espelho davam adeus à idade de ouro da monarquia.

Somente com as roupas do corpo, cruzaram o Tirol, escalaram o Zugspitze e lá do alto avistaram legiões de homens, mulheres, anciãos, jovens, crianças, fetos presos em cordões pulsantes, plainando sobre placentas.

Muitos aos pedaços.

Alguns, ainda murmurando dentro de valas, trincheiras, vestidos de arames farpados, expunham seus sexos violados por baionetas Ww2.

Mulheres de cabeças raspadas, como se esboçadas a carvão, enlaçavam um, dois, três, quatro, cinco, quantos podiam, enquanto os outros filhos com olhares encovados, descontrastados se agarravam às suas saias à espera do próximo vagão de horrores.

Relógios gelatinosos distorciam segundos, os minutos, no mesmo instante em que formigas afloravam em meio às engrenagens, deixando tudo em suspenso.

Dresden, Varsóvia, Leningrado, Srebrenica, Hiroshima, Vietnã, Armênia, a faixa de Gaza, Auschwitz, Paris, Londres, Berlim, Nagasaki, Gulag,

Madri, Roma, Praga, Budapeste, Halabja, Ruanda, Sumatra, Rocinha, Uganda, Damasco, Abissíria, Kosovo, Croácia, Serra Leoa, Cabul permaneciam encobertas por nuvens cinza, negras e esbranquiçadas.

Uma Little Boy de 15 quilotons acabara de explodir das entranhas da terra, exalando uma catinga radiativa.

Quase sufocadas, desceram em direção aos vales.

Rajadas de vento deitavam os trigais, ao som do ranger das pontes e grasnar dos corvos, pressagiando o fim das luzes sob o olhar de um céu tenebroso.

Em meio a tantos gritos, explosões, avistaram um vilarejo ao pé do monte.

Tal como uma miragem esculpida por espátulas de matizes grosseiras em verde, amarelo, laranja, violeta, tons de azul, cinza e preto, com um tanto de luzes piscantes na planura, era como se um ímã as tragasse para dentro do quadro.

Impressionadas com a vista, correram em sua direção.

Quanto mais se aproximavam, as imagens perdiam os contornos, a clareza, a nitidez, como se todo aquele panorama iluminado não passasse de um mero efeito anelado.

Bateram em portas, gritaram por entre as janelas, rogaram abrigo, um assento ao redor do candeeiro, uma ração de batatas para esfriar a fome.

Nada.

Qualquer esforço de gesto humano se congelava como lágrimas na neve.

Naquela e nas outras muitas noites do inverno europeu, se aqueceram enroladas em si mesmas, ao relento.

Cruzaram os Alpes, avistaram as Dolomitas, a Cortina D'Apezzo, o Rifugio Auronzo, adormeceram em Vêneto, chegando ao Piemonte.

A paisagem perdurava estática, sem ocasos e auroras.

Aquelas paragens do mundo tinham sofrido um blecaute total.

Como clandestinas, as cinco mulheres embarcaram em um comboio, misturadas ao feno, vacas, pólvoras, granadas, munições.

Passaram por Cannes, atravessaram os Pireneus, Andorra, desembarcando em Madri.

Cenário aterrador.

Moncloa era um charco de sangue.

Podia se ver um homem de camisa imaculada, braços estendidos feito Cristo no calvário, soldados desapiedados em posição de fogo, semblantes ausentes.

Uma multidão aguardava a vez na fila do fuzilamento.

Touros, cavalos em disparadas, mães em lamentos de ais, mulheres arrastando seus fêmures expostos, cabeças saindo pela vidraça, espadas quebradas, corpos estendidos no chão.

Em vez de preces, acordes da *Die Walküre*, estrondos de levas de Heinkes-11, rugidos de Condores com suas metralhadoras a rasgar abóboras, latões de leite, ovos, peixes, carnes, queijos, morangos, barricas de azeite, laranjas, cestos de azafran, tomates, beterrabas, garrafões de vinho, melancias, mesclando grumos vermelhos com sangue dos camponeses.

Não se distinguia o humano da natureza.

Pilhas de mortos.

889 desvalidos.

Naquela segunda-feira, apenas um olho em forma de lâmpada iluminava a cena de terror que durou, eternamente, duas horas e quarenta e cinco minutos.

Quanto se ouviu um silêncio brumaceiro, nos ponteiros do relógio da catedral de Guernica espatifado ao chão, *eran las cinco en punto de la tarde.*

Um triste poema de Lorca se viu passar ao som de estilhaços e explosões.

Eran las cinco en punto de la tarde.

Un niño trajo la blanca sábana a las cinco de la tarde.

Una espuerta de cal ya prevenida a las cinco de la tarde.

Lo demás era muerte y sólo muerte a las cinco de la tarde.

El viento se llevó los algodones a las cinco de la tarde.

Y el óxido sembró cristal y níquel a las cinco de la tarde.

Ya luchan la paloma y el leopardo a las cinco de la tarde.

Y un muslo con un asta desolada a las cinco de la tarde.

Comenzaron los sones de bordón a las cinco de la tarde.

Las campanas de arsénico y el humo a las cinco de la tarde.

En las esquinas grupos de silencio a las cinco

de la tarde.

¡Y el toro solo corazón arriba! a las cinco de la tarde.

Cuando el sudor de nieve fue llegando a las cinco de la tarde, cuando la plaza se cubrió de yodoa las cinco de la tarde, la muerte puso huevos en la herida a las cinco de la tarde.

A las cinco de la tarde.

A las cinco en punto de la tarde.

Un ataúd con ruedas es la cama a las cinco de la tarde.

Huesos y flautas suenan en su oído a las cinco de la tarde.

El toro ya mugía por su frente a las cinco de la tarde.

El cuarto se irisaba de agonia a las cinco de la tarde.

A lo lejos ya viene la gangrena a las cinco de la tarde.

Trompa de lirio por las verdes ingles a las cinco de la tarde.

Las heridas quemaban como soles

a las cinco de la tarde, y el gentío rompía las ventanas a las cinco de la tarde.

A las cinco de la tarde.

¡Ay, qué terribles cinco de la tarde!

¡Eran las cinco en todos los relojes!

Sara, Judite, Olga, Ruth e Raquel conseguiram escapar na boleia de um caminhão, acobertadas entre porcos, gaiolas, caixas de legumes, verduras, frutas, estrumes.

Quando pularam a fronteira para o lado de Portugal, restavam somente duas.

Judite se amasiou com um pintor de nome Paul, que conheceu em Salamanca, fugindo para Ilhas Marquesas.

Nunca mais mandou notícias.

Olga, enganada por um hispano-brasileiro, foi levada até La Coruña.

Entregue aos soldados do Führer, após ser estuprada trinta vezes, a jogaram na câmara de gás em Bernburg.

Soubemos disso por intermédio da filha extraditada para os abraços do pai.

Ruth morreu intoxicada, dias depois de ter passado pó azulado de urânio no corpo, vazado de uma ogiva perdida, na tentativa de se camuflar da perseguição dos franquistas a serviço do Generalíssimo.

À terra a dor.

Sara e Raquel, que ficara grávida de um qualquer — inúmeras foram as vezes que se entregou obrigada a soldados de variadas insígnias, agentes de alfândegas, comissários de trens, caminhoneiros, fiscais de fronteiras, em bordéis, bancos de caminhões, entre sacos de areia, crateras, cabines de A7V, Holt, Mark B, Schneider CA1 e outras máquinas de exterminar, a fim de proteger as irmãs —, seguiram juntas no itinerário lusitano.

Atravessaram as principais freguesias de Trás-os-Montes, Leiria, Fátima.

Finalmente aportaram em Lisboa.

Raquel, a bebê de sete meses aconchegada na sua barriga e Sara não ouviriam mais, a partir desse lugar, os estrondos da guerra.

Somente o rebojar das corredeiras do rio Douro, do Tejo e da imensidão do Atlântico as transportava, agora, ao âmago d'alma, às estranhas formas de existência teimosamente perseguidas pelo coração.

É um desfecho sem fim o acompanhar dos fluxos e refluxos das águas que levam a vida alhures.

Do estuário do Tejo, embarcaram para o Brasil a bordo do Alcântara.

Atracaram em Santos na manhã de 23 de outubro de 1939.

Sara carregava uma pequena trouxa com roupas, a recém-nascida no colo, enquanto aguardava a liberação do corpo da irmã.

A mãe de Egger, após aguentar todas as dores da guerra, não suportou a última contração.

Faltavam três dias para chegar ao porto.

As privações, espoliações e carências geradas pelas mãos da crueldade estavam todas ali, assistindo ao trabalho de parto.

Raquel inchou, sangrou em jorros, empalideceu, perdeu a força no momento de dar à luz.

O restinho de energia que sobrara dos seus poucos músculos pélvicos deu para o empuxo derradeiro.

No instante mesmo em que uma vida se esvaía uma outra nascia no porão do navio.

Um choro forte atravessou os compartimentos da embarcação, escapou pela chaminé do vapor, chegando até o farol de Alexandria.

Um clarão de esperança foi visto iluminando as enseadas, desde o Polo Sul até a Ilha Kaffeklubben.

O mundo todo ouviu.

Às cinco horas do amanhecer, a Aurora Boreal anunciou o nascimento de uma esperança que se fez carne entre nós.

Nele estava a vida.

A vida era a luz no meio dos homens.

Até que a morte nos separe

Por esses descaminhos que o destino desconhece, Egger foi desembarcar em Melgaço, sendo criada pela tia com o carinho de quem cuida de uma filha legítima.

Encontrar Hornestino era uma questão de espera, de um acaso que cruzasse seus olhares na multidão.

— É ele que eu quero levar comigo.

— É com ela que quero viver.

Desse jeito, Egger e Hornestino, Hornestino e Egger, nenhum dos dois sabendo mais discernir quem era um, quem era o outro, cumpriram uma fidelidade amorosa recíproca na saúde, na doença, nas tristezas e alegrias, até que a morte os separou às cinco da tarde.

Isso foi no mês de agosto, regulava o entardecer, o sol já não queimava, somente o crepúsculo se via.

O dia passava triste, só cigarras que se ouviam.

Um lamentoso cantar dos pássaros, naquelas matas sombrias.

Palpitava dentro do peito, algo de ruim pressentia.

Na frente da nossa casa, Egger desapercebia.

O carro de boi sem governo na sua direção prosseguia, com o cocão quase arriado, cambaleando gemia.

Lá do beiral da janela, aquele final antevia.

Uma tora se desprendeu, por cima dela tombou, sem tempo para correr, sua cabeça prensou.

Levaram Egger para a cama, não tinha mais salvação.

Fechou os olhos e se foi...

Sequer um aceno de mão.

As horas mais doídas da vida, em casa o cuco entoou.

Foram cinco batidas somente.

Meu coração se quebrou.

Ai, ai, ai, ai, ai...

Antes de me fazer prometer que não deixaria ninguém lhe abrir um ânus no abdômen, Hornestino recitou um martírio que Egger cantarolava para os filhos, netos e netas.

Depois, adormeceu como se alguém lhe houvesse soprado uma cantiga de ninar.

Autoestorvo

Há
certos tipos
de sonhos
que é melhor
guardá-los
em estado
bruto,
sem nenhuma
pretensão
de querer
realizá-los
algum dia.

Hoje, é o primeiro dia de um novo ano.

Ontem, foi qualquer data entre as muitas possíveis.

Depende do referencial, da parte do mundo em que você está localizado.

Desde que voltei ao meu rincão interior, desisti de guardá-las.

Não conto mais as horas, não marco calendários.

Larguei meu relógio em alguma gaveta dos meus esquecimentos voluntários.

Meu dia, para minha surpresa, tinha se precipitado bem, mesmo sendo uma data anterior à passagem das Companhias de Reis.

O desmonte de presépios, pinheirinhos e iluminações decorativas faz diminuir um pouco meu inferno astral.

Não me pergunte o porquê.

Talvez, por essas cantorias profanas também anunciarem a virada do horóscopo chinês.

O latido do cão de rua, o amanhecer com aquele céu de Matisse, me encorajaram a começar a leitura de algum livro de autoajuda, dos tantos que proliferam como *leporídeos* nas prateleiras dos aeroportos, cafés, postos de gasolina, galerias, livrarias virtuais, supermercados, drogarias e até em sebos, amiúde, dispostos à mão dos ávidos leitores.

Quem passa leva.

— Por que eu deveria querer sempre ser diferente?

— Puro preconceito?

Não sei.

Em função da quantidade, variedade de ofertas, por estar na minha fase "M" e da eficiente estratégia de vendas, separei mais de uma dezena de volumes.

Estava mesmo a fim de mudar meus conceitos.

Não iniciado nesse ramo da literatura, para orientar meu investimento, consultei a lista dos dez mais vendidos da semana, despistando, cuidadosamente, o cartaz de NÃO FOLHEAR REVISTAS E JORNAIS.

Logo abaixo das obras de ficção e não ficção, o caderno de cultura do primeiro diário que apanhei estampava os seguintes títulos: 1º) *O Segredo* – Rhonda Byrne; 2º) *Onde Está Tereza?* – Zibia Gaspareto; 3º) *A Lei da Atração* – Michael Losier; 4º) *O Monge e o Executivo* – James Hunter; 5º) *Casais Inteligentes Enriquecem Juntos* – Gustavo Cerbasi; 6º) *O Que Toda Mulher Inteligente Deve Saber* – Steven Carter e Julia Sokol; 7º) *Os Segredos da Mente Milionária* – T. Harv Eker; 8º) *Transformando Suor em Ouro* – Bernardinho; 9º) *A Arte da Guerra – Os 13 Capítulos* – Sun Tzu.

Na décima posição, *Nunca Desista de Seus Sonhos*, de Augusto Jorge Cury.

Fiel à orientação da página especializada, carreguei a coleção inteira.

Os demais, todos do Paulo Coelho, comprei influenciado pela Cleia.

Conheci a garota num curso de MBA.

Minha colega de turma, batalhando para melhorar a empregabilidade, acabara de percorrer o Caminho de Santiago de Compostela.

Estava apaixonada pelo autor.

Em poucas semanas, aproveitando os espaços livres dos afazeres cotidianos, devorei as centenas de páginas iluminadas dos exemplares adquiridos.

Para meu uso, afixei no espelho do banheiro uma sequência de mandamentos selecionada em meio a tantos conselhos, filosofias de vida, condicionamentos internos, sabedoria e ensinamentos grifados no transcorrer das leituras.

Funcionavam como minha dose diária de fluoxetina espiritual: uma cápsula ao despertar, outra à noite, antes de dormir.

Dependendo do problema, do conflito do dia e da hora, me apegava a um dos meus mais novos gurus da felicidade ao alcance das mãos.

Quando a falta de grana se impunha, Rhonda Byrne me socorria.

Ela me fez crer que a única razão para meu aperto financeiro crônico se devia ao fato de que eu estava impedindo, com meus pensamentos, que o dinheiro chegasse até mim.

Bastava me concentrar.

Dessa forma, qualquer um dos meus desejos no catálogo do universo seria realizado.

Seguindo à risca suas dicas de prosperidade, todos os dias, ao colocar os pés para fora da cama, fixava minhas energias sonolentas em ganhar uma bolada de 25 mil dólares, insistentemente.

Diante das incertezas amorosas, apelava sem pestanejar ao tutor Paulo Coelho.

Ninguém como ele entende o que se passa no íntimo das mulheres.

Dias atrás, uma das últimas namoradas que arrumei, na tentativa de esquecer Fernanda, chegou em casa batendo portas, chutando tapetes.

Quis lhe fazer carinho, relaxá-la com uma boa trepada, mas o que levei foram desaforos, acusações de que só penso nisso.

Foi aí que me vieram à mente os conselhos do mago: "*Por mais amor que sejamos capazes de dar, existem sete dias onde queremos estar longe de tudo e de todos. Você tem duas opções: amarrar-se em um poste e esperar que a tempestade passe, ou ir até a joalheria mais próxima e comprar um presente. Recomendamos a segunda opção*".

O problema, que acabou determinando a frustração de mais uma aventura amorosa, foi que, na ocasião, por falta de empenho mental, ainda não havia conseguido os dólares necessários para presenteá-la com um colar de brilhantes.

Com o que restou do salário no final do mês, acabei comprando uma bijuteria na feirinha de artesanato da praça do bairro.

Ela ficou muito ofendida com o regalo. Nunca mais quis me ver.

O Paulo Coelho está corretíssimo: "*Nem toda mulher quer casamento e orgasmos. Uma grande parte delas prefere animais de estimação e um bom saldo no cartão de crédito*".

A partir daí, passei a entender por que, na maioria das vezes, não conseguia concretizar seu receituário de como agradar a alma feminina.

Muitas vezes, minhas contendas não diziam respeito às mulheres, à falta de dinheiro, mas à baixa estima dedicada a mim mesmo.

Nessas horas, nas quais desejava me rebaixar ao cocô do cavalo do bandido, não sair da cama, Augusto Cury me salvava.

Lia e relia em voz baixa seus alertas de que pensar é bom, mas pensar demais faz mal à saúde:

— O excesso de informações e preocupações gera a síndrome do pensamento acelerado.

Tinha que mudar isso, capacitando meu eu para ser ator principal do teatro da minha mente.

O foco para não acordar cansado, deprimido, estava na mudança que deveria impor ao meu pensamento de corredor de cem metros rasos.

Teria que deixar de ser plateia para ser diretor do *script* da minha vida.

Se fizesse isso, seguindo as recomendações do meu terapeuta de bolso, em doze semanas tudo estaria mudado.

Dependia só de mim.

Nada de ficar esperando a chuva.

Ao invés de depender da sorte, a saída estava em criar minhas próprias oportunidades, ser empreendedor de mim mesmo, abrir uma microempresa, onde eu seria o patrão e o empregado, libertando minha intuição criativa.

É interessante como uma coisa leva à outra quando lemos esses mestres da pronta solução de todos os nossos males afetivos, financeiros e profissionais.

Penso até que, assim como as bruxas, eles devem ter suas convenções, onde trocam ideias, receitas de poções mágicas, substituem suas varinhas por outras de uma nova geração, atualizam seus conhecimentos e conselhos de bem viver.

Para desenvolver minha intuição criativa, prescrita pelo psiquiatra-coach, me acudi nas sugestões do Paulo Coelho de três exercícios anaeróbicos.

Compartilho, agora, uma sequência de treinos anabolizantes de egos combalidos.

No primeiro, denominado o Sopro de RAM, você deve inspirar, expirar, vagarosamente, por várias vezes, concentrando-se em si mesmo, a fim de que a paz, o amor e a harmonia liguem suas energias ao universo.

Após esse aquecimento, inspire fundo, prenda o ar o máximo que puder.

Com os braços levantados solte a respiração ao som de RAMMMMMM.

No segundo exercício, siga as instruções:

— Deite no chão.

— Relaxe...

Após uns minutos, cruze as mãos sobre o peito como se estivesse morto.

Passe a se imaginar dentro do caixão...

As pessoas em prantos...

O enterro...

A sepultura...

Os vermes comendo sua carne...

Você em forma de caveira...

A grande sacada dessa atividade em direção à sua ascese é a simulação de que está sendo enterrado vivo.

A situação provocará no seu corpo tensões, até não aguentar mais.

Quando isso acontecer, em um único movimento desesperador, arrebente com toda a força as tábuas da urna fúnebre.

O fim da malhação espiritual termina com um grito saindo das profundezas de seu corpo:

— Livre!

Quero confessar, assustado leitor e leitora, que não consegui ainda chegar ao meio dessa ginástica em minha academia de musculação psíquica.

— Sou claustrofóbico.

— Tenho pânico.

Por isso, e para compensar o treinamento, faço mais vezes o Despertar da Intuição.

Caso tenha alguma fobia, aconselho a mesma coisa.

Crie uma poça de água sobre o chão liso, impermeável.

Olhe para esse pequeno espelho durante algum tempo.

Depois, comece a rebojar a minúscula lagoa com os dedos.

Invente formas, figuras, desenhos, sem qualquer compromisso.

Faça o exercício por uma semana, durante no mínimo dez minutos de cada vez.

Segundo o inventor da técnica, depois de um tempo, sua intuição começará a se manifestar nas outras horas do dia.

Quando isso acontecer, confie nela e volte ao receituário do Augusto Cury.

Desse jeito, sem muito esforço, você terá o seu próprio código de inteligência emocional rumo à prosperidade.

Embora esteja aguardando, até hoje, o dia do grande acontecimento que mudará minha vida, embebido pelas teorias e treinamentos práticos desses manuais, tinha resolvido transformar as desfeitas de Fernanda — o fato dela não ter me desejado Feliz Natal, um bom Ano Novo — em energias positivas.

Antes de prosseguir, para que você não pense que a culpa dos meus fracassos se deva à insuficiência ou à falta de aprofundamento desses doutores em autoajuda sobre a condição humana, quero reconhecer que ainda não almejei a tão prometida felicidade, exclusivamente, creio eu, devido ao fato de que, várias vezes, vacilei nas minhas convicções.

— Deixei me levar pelo ceticismo da minha preguiça visceral.

— Acho que preciso exercitar mais a concentração.

— Quem mandou não ter a força de pensamento suficiente para ganhar todo o dinheiro capaz de satisfazer os desejos das garotas que se interessaram por mim?

Esclarecido isso, assim decidido, tentei me fixar no seu desabafo inicial.

A primeira coisa que apareceu foram os números berrados por ela:

— 77, 78, 79, 80.

— Puta que o pariu!

— São as dezenas do peru!

Aquele mesmo galináceo que costuma se estender, contra sua vontade, por sobre as mesas das ceias de Natal, antes de ser devorado.

É bom lembrar — principalmente para aqueles que guardam certas superstições — que essa ave, assim como os frangos, patos, marrecos, galinhas, angolas, faisões e muitos outros bichos empenachados, não é bem vista no cardápio do *Réveillon*.

Pelo mesmo motivo (o de ciscar ou andar para trás), alguns espécimes de crustáceos também são indesejados nessas ocasiões.

Comê-los poderia atrasar a vida, planos, impedindo futuras realizações.

Não deu outra.

Fiz a fezinha.

— Acertei no milhar.

Pela primeira vez, meu início de ano estava partindo de acordo.

— Imediata desilusão!

Ao saber que fui contemplado pela boca da minha atual namorada, Fernanda resolveu me demandar na justiça.

Imaginando que a bolada fosse grande — o que teria me transformado no mais novo rico emergente —, reivindicou aumento da mesada.

Como ex de sindicalista, sabia dos interesses corporativistas.

A justiça acatou.

De quebra, prendeu o bicheiro que me vendeu o bilhete.

Alguns sociólogos, pesquisadores da violência, defendem que essa atitude cega acabou abrindo caminho para o narcotráfico.

Gente menos romântica. Profissionais no trato da contravenção.

Depois de ter perdido mais um litígio, resolvi encurtar o tamanho das minhas pretensões.

Parei de querer mudar o mundo, as pessoas, instituições, normas e regras, o meio ambiente.

— Agora só trago sonhos que cabem no bolso da calça!

— Agora só trago sonhos que cabem no bolso da calça!

— Agora só trago sonhos que cabem no bolso da calça!

Reforcei reiteradamente a frase para mim mesmo.

Depois de algum tempo, Elizete me contou que Fernanda tinha voltado com o Vladimir, o Vlad, o Mimi.

— Sei lá.

O Vladimir e outros membros do Comitê — tive notícias — fizeram sucesso com a Causa.

O ex e atual marido da minha tão desejada segunda intenção, depois de galgar todos os cargos possíveis de uma carreira política bem-sucedida, estava em campanha para Presidência da República.

Pelo material de propaganda, notei muitas mudanças de postura, tanto no visual quanto nas convicções.

Sua imagem transmitia o perfil de um homem ordeiro, honesto, equilibrado, bem casado, bom pai e conciliador.

Até o seu comportamento etílico sofrera alterações.

Dos cubanos sobraram apenas os charutos.

Rum nunca mais.

Passou a seguir conselhos médicos, só ficando nos vinhos, de preferência franceses.

Degustados com moderação, são ótimos protetores coronarianos.

Quando ainda me interessava por televisão, assisti ao padre Nicolau lançar um disco numa missa campal.

Suas celebrações tinham se modernizado.

Seguindo as recomendações do Vaticano, abandonou a opção pelos pobres.

Transformou-se num praticante de aeróbica.

Abraçou com a mesma garra que defendia a reforma agrária a luta contra a camisinha, a união entre gays, contra o aborto e a pílula do dia seguinte.

A favor só do dízimo.

Onofre vejo de vez em quando.

Passa aqui pelo bairro com uma Kombi, vendendo verduras orgânicas.

— Diz ele.

Zé Augusto não sei por onde anda.

Imagino que tenha se embrenhado em alguma floresta tropical, no meio do sertão ou em outras *Sierras Maestras*, tentando organizar focos revolucionários.

Outra possibilidade é a de que esteja remoendo a consciência em algum manicômio, procurando saber em que tempo e lugar perdemos o fio da meada.

Muitos se recolheram ao anonimato, assim como eu, conformados.

O nosso romance nunca poderia ter dado certo mesmo.

Seu impulso nicotínico, gosto por bebidas fortes, se tivesse me tocado desde o início, já antecipavam sua personalidade:

— Mulher que mata barata.

— Entende?

Acho que aprendi a lição.

Agora, antes de me relacionar, ouvindo os conselhos do Hornestino, uso de muita cautela.

Quando entro nos *sites* de bate-papo, seleciono para teclar somente mulheres que gostam de vinhos frisantes, Keep Coller, batidas de kiwi ou de morango.

Não encontrando ninguém com tais características, clico nas que gostam de cerveja pilsen, embora tenha certo risco.

Recordações

15 de janeiro.

Estou na minha cama larga e ortopédica.

Não sei por que motivo ainda espero que ela ligue, desejando Feliz Natal, Feliz Ano Novo.

Recordar Fernanda me desperta antigas canções do Chico:

— "*A sua lembrança me dói tanto, que eu canto pra ver se espanto esse mal...*".

Desde o dia em que saiu pela porta da frente, uma saudade apertada caminha pelos corredores do meu corpo.

Voltei à UTI.

O Encontro

Minha vida não tem mais pele nem desejo.
É uma pena de ave ao vento,
seguindo meu próprio cortejo.
E daqui, deste não lugar,
desvestido de pele e alma,
descubro que a pena de um sofrimento
não vale a brisa de uma manhã tão calma.

Ainda sob o efeito da anestesia, Hornestino tinha acabado de descer do centro cirúrgico.

Contrariando sua vontade, lhe decretaram uma traqueostomia, colostomia, uma sonda nasogástrica e outra vesical.

Fracassei na minha promessa de não permitir que lhe abrissem um ânus na barriga.

No dia anterior, justamente quando tive que trocar o plantão com um colega de turma — fui resolver umas pendências com Fernanda —, a equipe de oncologia do hospital, com o consentimento dos familiares, decidiu por essa conduta.

Hornestino, desde a morte de Egger, passou a viver desgostoso, vagando da cama para a cadeira do papai, da poltrona até a mesa, da mesa de volta ao leito.

Quase não botava os pés na rua, a não ser por muita insistência dos chamados de vovô, ou, então, para comparecer, quando dava, aos funerais de amigos e missas de sétimo dia.

Em toda a vida de namoro, noivado e de casado, sempre foi Egger que insistia, animava, o pegava pela mão para sair de casa, passear na praça, tomar sorvete, ir ao cinema, visitar amigos, parentes, participar das festas, dos terços de Nossa Senhora, novenas de Natal, sentar à calçada nas noites de lua cheia contando as estrelas cadentes e os pirilampos a piscar seus traseiros azulados.

— *Vagalume tem tem, seu pai tá aqui, sua mãe também...*

Sem a presença dela, nada disso tinha a menor graça.

A única coisa que despertava seu interesse, desde a partida inesperada de sua companheira, eram as pesquisas para seu Tratado de Bostologia e suas leituras de Sêneca.

Passados, exatamente, cinco anos da sua perda irreparável, Hornestino começou a se sentir mais ressecado. Em um dado momento, depois de semanas sem defecar, teve uma distensão abdominal, ficou ictérico, passou a sentir muita fraqueza.

Lembrou da morte do pai.

Morrendo de medo, procurou o ambulatório da Faculdade, acompanhado da filha.

Foi então que nos conhecemos.

A anamnese, com relato de perda de peso importante nos últimos meses, exame clínico, mais as imagens da tomografia computadorizada do abdômen não deixavam dúvidas.

O exame histopatológico só serviu para confirmar o diagnóstico, dar o estadiamento, determinar a conduta: adenocarcinoma ductal infiltrante de pâncreas, com metástases mesentéricas.

Inoperável.

O mais importante, diante do prognóstico fechado, da pouca sobrevida, era resguardar o que lhe sobrara do prazer de viver.

Para evitar intervenções heroicas, desnecessárias, que só prolongariam o sofrimento do paciente e da família, achei por bem encaminhá-lo para o setor de cuidados paliativos.

Com a ajuda de psicólogos, enfermeiras e médicos que não se consideram deuses, Hornestino, quem sabe, poderia continuar desfrutando de algumas belas cagadas, saboreando umas mijadas de jatos grossos e, ainda, degustar bebidinhas, comidas saborosas, antes de entrar em estado de falência orgânica irreversível.

Não foi isso que meu chefe indicou.

A sua conta, embasada em evidências científicas, lhe dava a convicção de que passar quatro anos vegetando seria melhor do que viver um bem vivido:

— O ponto de vista da ciência sempre deve se sobrepor aos desejos e opiniões dos pacientes.

Ensinava do alto da sua livre-docência.

Mas a vida, que não está nem aí com as certezas do penso logo existo, em suas travessuras e desrespeito diante das verdades absolutas, colocou no derradeiro trecho da estrada do Hornestino uma pessoa para cuidar dos últimos detalhes da sua viagem para o além.

Foi seu conforto e salvação.

Então,
os barcos se acalmam,
a noite se estende na areia
e minha alma se entrega ao vento
enquanto espera a próxima maré

Nair

Nair não se identificava como homem nem como mulher.

Os dois ao mesmo tempo, ou nenhum.

Ambos à disposição, dependendo do momento, da companhia.

Se desse na telha, um bicho, uma bicha, aranha, carrapato, cadela, garanhão, uma gata, lobo do homem, ágata, égua, fogo, gelo, fel, mel, plástico, doce, borracha, abelha rainha.

Quando alguém lhe perguntava curioso qual o seu sexo e gênero, saía com esta:

— Eu sou ninguém.

— Quer experimentar?

Às vezes, enfermeiro, outras, enfermeira.

De um jeito ou de outro, forjada na lida diária do cuidado com o sofrimento humano, sem muitas teorias, prática.

Com uma técnica invejável em pegar veias, passar sondas, tratar de feridas, escaras, aspirar mucos espessos, aplicar injeções, tapotagens, dar banhos de água e de sol, entre tantas outras habilidades, era o preferido dos alunos e alunas.

Nos intervalos dos turnos de trabalho, Nair fazia bicos de acompanhante de homens solitários; amante de casais em busca de novos ânimos libidinosos; marido de mulheres querendo paus duros, sem pressa de gozar e com ouvidos para suas lamúrias; cachorra de funcionários de colarinho branco impregnados de protocolos, cerimoniais, metas e contatos virtuais; de dildo, caralho, seios, ânus e boceta de seres indefinidos atrás de experiências híbridas.

Oferecia diversos serviços de satisfazer fantasias individuais, a dois ou em grupo, das mais bizarras qualidades.

Descolada e senhora das suas ações, recusava pedidos óbvios, tipo arroz de festa, fáceis de encontrar em qualquer vitrine e mostruários dos *sex shops*, boates, casas de tolerância e *sites* de garotos e garotas de programa.

Enfermeirinha, bombeiro, Tiazinha, noiva, soldado, comissária de bordo, freira, marinheiro, empregada doméstica, garçom, médico, Feiticeira, jogador de futebol da Nigéria, lutadores de MMA, carrasco mascarado, Madona, eunuco, Gênio da Lâmpada, Conde Drácula e outras que tais não faziam parte de seu cardápio de estimuladores eróticos.

Nair era uma pesquisadora da arte.

Autodidata, buscava em obras-primas, filmes, romances, poesias e peças de escritores malditos inspiração para suas performances.

Dava preferência às imagens e textos que misturavam o erótico com o místico.

A partir de um questionário preenchido *online* pela cliente ou freguês, elaborava o cardápio da sua sessão de volúpias e sadomasoquismo.

Nada de carne bem passada, arroz de risoto empapado, filé ao molho madeira, salmão com maracujá e brie com mel.

A chefe era ela.

Tudo deveria ser servido ao seu ponto.

Nair tinha um repertório vasto.

Esse domínio dava confiança aos seus improvisos.

Paco e Tonho, Justine e Juliette, Madame Bovary, Bloom e Molly, Paul e Jeanne, Dona Flor e Vadinho, Arandir, Aprígio, Selminha e Dália, Sada Abe e Kichizo Ishida, Vado, Veludo e Neusa Sueli, Julien, senhora de Rênal e Mathilde eram alguns dos personagens que compunham suas interpretações.

Adorava as obras de Gian Lorenzo Bernini.

Inspirava-se no *Rapto de Prosérpina*, nas esculturas da *Beata Ludovica Albertoni*, exposta na igreja de San Francesco a Ripa e no *Estasi di Santa Tereza*, a fim de bolar seus momentos inefáveis, onde a dor e o gozo, o nojo e o prazer, a sensação da morte e a plenitude da vida, do divino e do profano, o sexo e a religião fossem inseparáveis.

Recitava todos os dias e noites, antes de sair para o trabalho, um cântico divino, pedindo proteção, paz e felicidade:

"Ah! Beija-me com os beijos de tua boca!
Porque os teus amores são mais deliciosos que o vinho,
e suave é a fragrância de teus perfumes; o teu nome
é como um perfume derramado: por isto amam-te
as jovens.
Arrasta-me após ti; corramos!
O rei introduziu-me nos seus aposentos.
Exultaremos de alegria e de júbilo em ti.
Tuas carícias nos inebriarão mais que o vinho.
Quanta razão há de te amar!
Sou morena, mas sou bela, filhas de Jerusalém, como
as tendas de Cedar,
como os pavilhões de Salomão.
Não repareis em minha tez morena,
pois fui queimada pelo sol.
Os filhos de minha mãe irritaram-se contra mim; puse-
ram-me a guardar as vinhas,
mas não guardei a minha própria vinha.
Dize-me, ó tu, que meu coração ama,
onde apascentas o teu rebanho,
onde o levas a repousar ao meio-dia,
para que eu não ande vagueando
junto aos rebanhos dos teus companheiros.
Se não o sabes, ó mais bela das mulheres,
vai, segue as pisadas das ovelhas,
e apascenta os cabritos junto às cabanas dos pastores.
À égua dos carros do faraó eu te comparo, ó minha
amiga; tuas faces são graciosas entre os brincos, e o teu
pescoço entre
os colares de pérolas.
Faremos para ti brincos de ouro
com glóbulos de prata.
Enquanto o rei descansa em seu divã, meu nardo exala
o seu perfume;
meu bem-amado é para mim um saquitel de mirra, que
repousa entre os meus seios;
meu bem-amado é para mim um cacho de uvas
nas vinhas de Engadi.
Como és formosa, amiga minha!
Como és bela!

Teus olhos são como pombas.
Como é belo, meu amor!
Como és encantador!
Nosso leito é um leito verdejante."

(Cântico dos Cânticos)

Orgia

Hornestino, após acordar da anestesia, se vendo com neoburacos para respirar e cagar, sondas de comer e de mijar, tomou consciência do seu fim.

Despossuído de todas as sensações anais e orais que o faziam sentir-se vivo, buscou cultivar e manter a última excitação que lhe restava.

A mais poderosa e íntima de todas as manifestações corporais:

— A dor.

Cuspia, escondia debaixo do travesseiro o midazolam, lorazepam, clorpromazina, tramal, todos os analgésicos que lhe davam por via oral.

Aqueles administrados por meio venoso, através de uma aliança com Nair, eram substituídos por soro fisiológico.

Somente ela poderia lhe pôr a mão.

Apenas ele estava autorizado a lhe aplicar medicamentos.

A amizade, o amor e a confiança de um para com o outro cresceram tanto que Nair se dispunha a vir até nos dias de folga, para cuidar do amigo terminal.

Trocavam histórias de merdas, urinas, suores, mênstruos, porras, órgãos e odores.

Riam de seus sexos como crianças livres.

Falavam das suas aberturas e canais secretos que deixavam seus corpos entregues à obscenidade.

Plenos de sentimentos, tornaram-se cúmplices na vida e na morte.

A morte era o que mais interessava ao Hornestino.

De tanto insistir, convenceu Nair a lhe dar de presente, como último gesto de amizade, uma sessão erótica com todos os requintes dos *120 dias de Sodoma*.

Hornestino queria experimentar o extremo, a linha tênue, imperceptível, a vertigem fascinante que separa a vida e a morte, a dor e o prazer, a razão da fé, o orgasmo do êxtase celeste.

Nair estudou com detalhes a vida e obra de Frida Kahlo.

Deteve-se durante horas e horas diante das pinturas *A Incredulidade de São Tomé* do Caravaggio, *A Virgem e o Menino à frente do Guarda-Fogo* de Robert Campin, *Et nous aussi nous serons Mères* de Jean-Jacques Lequeu, da *Madonna delle Grazie* de Filotesio Dell'amatrise, da *Santa Catarina de Siena* de Francesco Eugênio Vanni, além de rever *O Beijo* de Klimt.

Releu por mais de uma vez *Memórias de Minhas Putas Tristes* e *História do Olho*, compondo, desse jeito, seu personagem: um mestiço de São João da Cruz com Santa Tereza D'Ávila.

Combinaram de madrugada — hora em que apenas o sussurrar dos cartões de ponto na chapeira e o chiado do escape do vapor das caldeiras denunciavam que não havia mais ninguém acordado no hospital.

Nair chegou com um manto de retalhos vermelho, amarelo, preto e laranja, bordados com fios dourados, com uma maquiagem suave, flores e estrelas no cabelo.

Rezou baixinho, como preparação, rente ao ouvido do Hornestino, a poesia de Santa Tereza:

"Entreguei-me toda, e assim
Os corações se hão trocado:
Meu Amado é para mim,
E eu sou para meu Amado."

Ao iniciar seu ritual, solicitou que Hornestino fechasse os olhos, entrasse para dentro de si mesmo, mais nada.

Interpretando *Santa Catarina* de Francesco de Eugênio Vanni, ajoelhou-se à beira do leito.

Começou a beijar a boca esverdeada da colostomia, esculpida como uma chaga, no flanco direito do abdômen do seu paciente querido.

Lambeu, chupou todas as secreções fedorentas que saíam daquele orifício.

Imitando o gesto de *São Tomé* de Caravaggio, atolou seu dedo em um unguento de pimenta e penetrou até o talo por entre a carne viva do neoânus do seu amante caquético, enquanto cantava em êxtase um poema de São João da Cruz:

"Gozemo-nos, Amado,
e vejamos na tua formosura
o monte e o escarpado,
donde jorra água pura;
penetremos mais
dentro da espessura."

Hornestino só sentia prazer.

Não expressava nenhum sofrimento.

Embrenhava-se cada vez mais no mais profundo da sua alma.

Na viagem para dentro de si mesmo, encontrava Loretta com seus pelos ascendidos, seus peitos maduros com *piercing* de água e sal, famintos por serem chupados.

Cruzava Marta com suas virilhas de ébano, sua bunda tesuda, tão desejada secretamente por ele nos bailes e nas festas juninas.

Esbarrava na Madrinha a exalar odores de cadela no cio, atiçando tentações incestuosas.

Topava com o Tio Procópio, empilhando discos na sua radiola de válvulas potentes, pronta para espalhar as mais belas sonatas de amor.

Quase ao final, deitava-se ao lado de Egger na cama de núpcias do Grande Hotel de Poços de Calda, como se vivessem uma inebriante e eterna lua de mel.

Nair estava no último ato daquela orgia carnal.

O dia e o hospital estavam quase amanhecendo.

Após aplicar uma injeção de água destilada nos corpos cavernosos do Hornestino, subiu no leito, trepou sobre ele e começou a cavalgar, enquanto estrangulava a cânula da sua traqueostomia.

Movimentos vigorosos, suores, odores e urros se misturando no pacto de vida e morte.

De repente, do tórax esquelético do Hornestino, um estalo agudo, único, contido.

Uma costela flutuante quebrada, afiada como um *cuchillo gitano*, num gesto amoroso, certeiro, impregnado de todo sentimento, benquerenças, de lirismos lusitanos, nenhuma distância a separar a intenção do gesto, executou o desejo, compreendendo, plenamente, o que o coração sentia.

O estilete penetrou incisivo através do pericárdio e ventrículos do Hornestino em orgasmo pleno, duradouro, de puro dom.

A linha horizontal interminável do monitor cardíaco apontava que a vida e a morte partiram dali, naquele momento, abraçadas rumo à eternidade, como irmãs siamesas unidas desde o nascimento.

Ninguém sabia dizer a hora do acontecimento.

Um *hacker* indiano inoculou um vírus chamado *Aion* na rede de computadores e celulares do mundo, contaminando todos relógios da Terra.

Esse gesto intempestivo libertou a existência das engrenagens do *Cronos*.

O tempo transformou-se em uma máquina de instantes incessantemente intensivos.

Como se todos os feitiços, os castigos e pestes se quebrassem, o hospital amanheceu com os politraumatizados, desenganados, comatosos, chocados, infartados, entubados, paralíticos, com septicemias, intoxicados, sequelados, todos de alta, curados e renascidos.

Um coro de enfermeiros, enfermeiras, estudantes, médicos e médicas, fisioterapeutas, psicólogos, funcionários administrativos, da limpeza, cozinheiras, dentistas, fonoaudiólogos, ambulanceiros, terapeutas ocupacionais, farmacêuticos, seguranças, nutricionistas, todos misturados aos pacientes e seus acompanhantes, entoava um trecho poético de Murilo Mendes.

"Quero suprimir o tempo e o espaço
A fim de me encontrar sem limites unidos ao teu ser
Quero que Deus aniquile minha força atual e me faça voltar a ti
Quero circular no teu corpo com a velocidade da hóstia
Quero penetrar nas tuas entranhas
A fim de ter um conhecimento de ti que nem tu mesma possuis."

Ao fundo, podia se ouvir as *Bachianas Brasileiras nº 5* de Villa Lobos.

A voz da soprano, levitando através dos corredores, quartos, UTIs e Centro Cirúrgico, escapava por intermédio dos janelões em rajadas de vento, anunciando a chegada de um novo tempo:

O tempo da delicadeza.

Foi o a-Deus do Hornestino...

Testemunha

Por que desejas tão pouco?
Ah! Meu coração!

Parada cardiorrespiratória e falência múltipla de órgãos.

Dessa maneira, contrariando os ensinamentos do meu professor de medicina legal, preenchi e assinei a Declaração de Óbito do Hornestino.

Tinha certeza, depois de ouvir durante uma semana suas histórias, que morrer assim era o seu querer e direito.

Nair, ao executar uma eutanásia libertina, apenas realizou o último arbítrio do amado amigo, libertando-o do mundo das vontades irrealizáveis.

O homem é um ser do desejo, não das necessidades.

Voltei para casa.

Nouvelle Cuisine

Naquele amanhecer de domingo, tinha combinado um almoço com internos, residentes, alunos e alunas da Faculdade.

Estava ansioso em exibir minhas habilidades gastronômicas.

Além de ser a minha segunda atividade mais prazerosa, cozinhar, tocar violão, dançar, entre outros dotes me facilitava aproximar dos corpos desejados.

Desde que Fernanda me abandonou, eu, que não fritava nem ao menos um ovo, resolvi me dedicar à *Nouvelle Cuisine*.

Ficar horas na cozinha cortando legumes, refogando carnes, sentido o cheiro do *soffritto*, apurando caldos, testando receitas, passou a ser, para mim, uma maneira saborosa e barata de economizar com psiquiatras.

Por não me adaptar a horários, obrigações, ser avesso a métodos e disciplinas, resolvi estudar por conta própria.

Vendi todos os meus livros de autoajuda para um sebo.

Já não estavam fazendo muito efeito.

Não sei se pela resistência das bactérias dos meus conflitos, ou se as soluções dos problemas eram um pouco mais complicadas do que nos querem fazer crer esses manuais de fácil felicidade.

— Sei lá.

Passei a investir em livros de culinária.

Escoffianas Brasileiras e o *Dom* do Alex Atala, *O Banquete dos Sentidos*, *Mocotó* do Rodrigo Oliveira, *Fundamentos da Cozinha Italiana Clássica* da Marcella Hazan, *Escoffier o Rei dos Chefes*, *As Chefes*, *Mani* da Helena Rizzo, *Cooking: Segredos e Receitas*, *A Refeição em Família* do Ferran Adrià, *Nobu Ocidental* e outros de técnicas mais básicas de fritar, saltear e assar passaram a fazer parte da minha biblioteca de forno e fogão.

Depois de um longo tempo estragando receitas, passar do ponto nos filés, inutilizar panelas e frigideiras, botar fogo em panos de prato, queimar, cortar dedos, produzir gororobas, adquiri uma certa habilidade.

Atrevi até a me arriscar na elaboração de um *menu* autoral, misturando várias tendências de cozinhas contemporâneas e clássicas.

Na ocasião, organizei um cardápio bastante eclético, na tentativa de satisfazer paladares carnívoros, vegetarianos, veganos e de comedores de carnes brancas.

— Nada podia dar errado.

Pensei...

Como entrada, uma salada de brotos de folhas, palmito, tomate-caqui, salmão selvagem marinado do meu jeito e uma *bruschetta* de bacalhau aninhado em um pão de cacau.

Para o prato principal, quatro opções, justamente para não causar problemas a nenhuma preferência ou suscetibilidade alimentar.

A primeira, ao ser convencido pelas leituras do Alex, priorizava nos ingredientes legumes da época, tendo como carro-chefe o palmito-pupunha, finalizado com uma salsa desconstruída do chef oriental Nobu.

Típica lasanha vegetariana.

A segunda escolha seguiu as tradições nordestinas.

Repaginadas com o toque delicado do Rodrigo Oliveira do *Mocotó*, onde a cabotiá, a carne seca, o quiabo e o queijo coalho dariam o tom, o aroma e o sabor, inventei meu Risoto Gonzagão.

A terceira alternativa era bem básica.

Um talharim com frutos do mar, legumes assados, lascas de cenoura e abobrinha na manteiga.

Batizei esse prato, em função das cores e perfume, de Primavera.

Para a quarta e última possibilidade de escolha, acreditando não ter esquecido de nenhuma restrição aos carboidratos, proteínas e lipídios, recorri à minha veia buzzlightyeariana e apresentei a mais original invenção deste cozinheiro de final de semana:

Pororoca — encontro de rio e mar.

Com um pirarucu cozido no vapor de chá de erva-cidreira, o prato combinava uma farofa d'água com farinha de castanha-do-pará, biju de mandioca e bacon frito. Ao lado, interligado por uma redução de tangerina, um camarão-rosa grelhado adormecendo na rede de tapioca.

Finalizando minha estreia pública, querendo impressionar gregos e troianos, preparei previamente duas sobremesas.

Uma com abacaxi em calda de mel, azeite, pimenta-do-reino branca moída na hora e flor de sal.

Como outra opção, texturas de doces de abóbora em sua própria espuma.

Tudo programado, ingredientes comprados no Mercadão, no dia anterior, arrumei a *mise en place*.

Só faltava chegarem os convidados.

Estava ansioso em começar meu show na arte de recepcionar comensais ávidos para degustarem novos paladares, esquecendo por um momento das pizzas americanizadas, esfirras e quibes de 0,99 centavos, hambúrgueres com 60% de soja, espetinhos de carne amolecida com leite de mamona, brigadeiros de Nutella e miojos gosmentos.

Não menosprezando nenhum detalhe, a fim de que os participantes da ceia se sentissem à vontade, selecionei uma sequência de fundos musicais variados.

O repertório passava por Chet Baker, Mile Davis, John Coltrane, Bill Evans, o disco Urubu do Tom Jobim, Shirley Horn, Billie Holiday, Nina Simone, Palhaço de Egberto Gismont, Pat Metheny, o lado dois de Abbey Road, Tom Waits.

No final, depois de todos estarem satisfeitos e relaxados, Dire Straits, Rolling Stones, Sister Rosetta Tharpe, Tim Maia e Racionais M.C.

— Santa inocência!

Os primeiros que chegaram desceram de uma picape, que mais parecia, devido ao tamanho das rodas, um tanque de guerra, ouvindo um som no último volume, cuja letra da música dizia coisas edificantes: "*Tô virado já tem uns três dias. Tô bebendo o que eu jamais bebi. Vou falar o que eu nunca falei. Se quer cinema eu sou o par perfeito, quer curtir balada já tem seu parceiro, ou ficar em casa amando o dia inteiro e dividir comigo o seu brigadeiro. Eu sosseguei*".

Logo em seguida, sem ao menos uma pausa, com o volume de 120 decibéis, fui obrigado a ouvir uma obra poética capaz de fazer João Cabral de Melo Neto morrer de inveja: "*Cortaram minha luz, perdi o meu emprego, a minha geladeira é só ovo e gelo. Depois da sacanagem que ela fez comigo, fiquei com coração e o bolso falido com o que aconteceu. Até bala perdida tá tendo mais rumo que eu. Bebi minha bicicleta, bebi minha TV. Só não bebo o meu celular porque preciso ligar pra você*".

A próxima, na sequência, cantada em forma de sofrência anal feminina, estrondava a seguinte construção literária: "*Alguém me falou, não quero acreditar, cê tá ficando com outra. Em menos de um mês ocupou o meu lugar e foi beijando outras bocas. Só eu sei como é difícil. Tô arrastando meu chifre no chão, ouvindo os modão e rezando pra você ligar (ai, ai, ai, ai, ai). É só você me chamar que eu pego meu carro, colo na sua casa e a gente se acaba. É só você me chamar que eu esqueço tudo, me entrego toda e a raiva acaba. É só você me chamar*".

Uma garota — meu mau humor era tanto, a ponto de não lembrar mais o nome de ninguém —, ao ver o *grana padano* gratinado por cima da lasanha vegetariana, resmungou que tinha alergia a glúten.

— Não iria engolir aquele troço.

Outra, alertada pela mãe, reclamou que não comeria nada que tivesse olho.

Frango, pato, cordeiro, angola, boi, bacalhau, pirarucu, camarão, qualquer bicho andante, rastejante, voador, nadante e seus derivados líquidos, sólidos ou gelatinosos estavam descartados do seu pedido.

Um garoto, lívido por ausência de ferro, proteína e outros nutrientes essenciais, sentenciou que não experimentaria nem os legumes, porque tinham sido preparados no mesmo fogão das carnes.

Para completar minha decepção, erro de cálculo e o senso exato da bobagem que havia cometido, o dono da caminhonete, vestindo calça justa, botina bico fino, biqueira de aço, uma frigideira na fivela do cinturão, chapéu de *cowboy* americano, gritou:

— Vai sair o churrasco ou não vai, tio!

Era o que faltava para eu mandar todos embora.

Chamei os porteiros, seguranças, as babás de finais de semana, alguns vizinhos mais chegados, moradores de rua residentes na praça ao lado do meu condomínio, até as minhas cachorras.

— Dividimos o banquete.

— Comeram sem reclamar.

— Lamberam o beiço, lambuzaram a roupa, limparam o prato.

— Não sobrou nada.

Ao saírem, me perguntaram se na próxima vez eu não poderia fazer arroz, feijão, zoião mole, batata frita, bife de fígado, ou, então, uma linguiça cabo de "reio".

— Com certeza!

Respondi.

O Testamento

Segunda, além do trabalho no hospital, teria que comparecer ao velório do Hornestino para cumprir meu penúltimo compromisso com ele: ler seu testamento.

Frustrado e cansado do serviço de cozinhar, de ter que limpar a sala, lavar toda a louça suja, dormi cedo.

O horário da cremação estava marcado para às onze, em ponto.

Cheguei a tempo de assistir às exéquias finais, conduzidas pelo capelão do cemitério.

Em suas orações, cânticos e responsórios, trocava o nome do Hornestino a todo momento.

Ora o chamava de Honestino, Orestes, Osório.

Outras vezes, o intitulava Ernestino, Ernesto e até Celestino, por lembrar do tenor cantante da música Ébrio.

Presenciada apenas pelos parentes de primeiro e segundo grau, agregados e agregada, além da Marta e do Jürgen, do Veloso e da Celeste, do árabe Zayn que, recebendo a notícia, viajou de Melgaço até Cocalzinho para prestar suas condolências aos familiares e amigos, a cerimônia foi bem rápida.

Acabadas as orações, recebidos todos os pêsames, concluídas as despedidas, após o padre se retirar em direção a outros corpos a fim de encomendá-los aos céus, restando somente os herdeiros diretos e indiretos, o oficial do Cartório de Registro, abri o envelope lacrado, entregue pelo Hornestino três dias antes de falecer.

Tomei fôlego...

Comecei a ler as laudas que compunham seu testamento, pausadamente.

Preâmbulo:

Eu, Hornestino José da Veiga, nascido em Melgaço no dia 7 de junho de 1931, viúvo, casado por sessenta e dois anos com Egger Aigner da Veiga, venho por meio deste considerar como depositários da minha herança Fidel Aigner da Veiga, João Pedro Aigner Oliveira da Veiga, Ana Luiza Aigner Oliveira da Veiga, Vitória Aigner da Veiga Menezes, Julieta Aigner da Veiga Menezes e Andrea Aigner da Veiga Cândido.

Tudo que está contido neste documento dou fé de autenticidade e garantia de que o escrevi no gozo da minha plena consciência e liberdade.

Recomendações:

Gostaria de pedir que ninguém sofresse além do que é esperado quando se perde um pai, a mãe, um avô ou algum outro ente querido.

Esse é o ciclo natural.

Todas as mortes deveriam seguir essa sequência.

Ninguém deve temer a morte e a velhice.

Conforme nos ensina Sêneca, o que vocês devem evitar é a perda de tempo.

Não fiquem presos demasiadamente ao passado.

As lembranças servem para avivar a sensação de pertencimento e continuidade.

Da mesma forma, não criem expectativas exageradas em relação ao futuro.

Tanto o tempo passado quanto o que ainda está por vir nos afasta dos momentos presentes.

A vida não é curta nem longa.

Ela se mede pela parte que é realmente vivida.

A vida não é algo que se perde ou que se ganha.

Cada um de vocês é que pode fazer a vida acontecer.

Aprender a viver é aprender a morrer a vida toda.

A morte não é uma coisa que nos atinge esperada ou inesperadamente em algum momento da nossa existência terrena.

Assim que nascemos, já começamos a morrer.

Não escolhemos nascer, mas somos livres para decidir a hora de morrer.

Morrer para fugir à dor é uma atitude covarde, mas viver somente para suportar o sofrimento não tem sentido nenhum.

Por isso, escolhi morrer quando meus prazeres mais básicos cessaram.

Nada nos pertence.

Só o tempo é nosso.

O verdadeiro sentido da vida e da felicidade encontramos na força do nosso desejo, no valor que damos ao tempo livre, ao gasto inútil.

O verdadeiro amor é puro dom, se encontra no supérfluo, naquilo que negamos o tempo todo devido à nossa consciência avarenta.

A beleza da vida é compulsiva, contagiosa, explosiva.

Ela se revela quando a gente goza e experimenta o nosso corpo, desde o dedão do pé até as contrações mais íntimas das necessidades fisiológicas que caminham pelos intestinos, uretra, útero, ânus e vagina.

Não somos anjo, temos um corpo.

É no corpo que a beleza da alma se manifesta.

A vida é sempre um produto do apodrecimento da vida.

É a decomposição que recoloca em circulação as substâncias necessárias à vinda ao mundo de novos seres.

É a partir das carnes em decomposição que os vermes recicladores renovam a matéria, fazendo circular nos vários ciclos da Terra-mãe as energias orgânicas e inorgânicas necessárias à continuidade da vida.

Por isso, faço a vocês uma última recomendação e pedido:

Quero que minhas cinzas sejam jogadas no chiqueiro do sítio da Marta e do Jürgen.

Já acertei com eles.

Lá, no meio dos porcos — bicho mais socialista do mundo —, misturado aos seus estrumes, lavagens, matérias fétidas em fermentação, irei renascer impregnado às suas proteínas, carboidratos e gorduras.

Continuarei a viver reencarnado em todos aqueles que comerem da minha carne.

Partilha*:*

Todos vocês são cientes dos poucos recursos que acumulamos durante a nossa vida.

Sempre priorizamos, eu e a Egger, investir nossos vencimentos e economias na formação de vocês, nosso filho e filhas.

Nunca deixamos que trabalhassem para que pudessem dedicar todo o tempo aos estudos.

Egger, sempre muito precavida, me obrigou a abrir uma poupança na agência do Banco do Brasil de Cocalzinho para cada neto.

Agora, vocês podem movimentá-la, desde que com a finalidade de empregar os recursos para o desenvolvimento das crianças.

Basta apresentar a certidão ao gerente.

Quanto à pequena gleba, onde Egger e eu moramos ao final de nossas vidas, decidi deixar para o usufruto do caseiro, a fim de que ele cuide dos animais, da criação de orquídeas, da horta e do pomar.

Sei que vocês não têm tempo nem gosto de zelar pelo sítio.

Sem maiores remorsos, arrendariam aquele pedaço de terra, que garantiu nossa subsistência, para a primeira plantação de cana que aparecesse prometendo dinheiro fácil.

Quando o Bento morrer, ou desistir de sobreviver da terra, aí, sim, vocês podem dispor do lugar como quiserem.

Deixei para cada neto e neta uma cópia do Tratado de Bostologia, para que aprendam a observar seus ritmos fisiológicos, a se prevenir de doenças malignas.

Façam bom uso dos seus ensinamentos.

O que se segue, agora, é a verdadeira partilha do que eu quero deixar para todos.

Vendo que os herdeiros estavam cada vez mais agitados, ansiosos para tomarem ciência daquilo que mais os interessava, preocupado com a possibilidade de que pudesse haver alguma preferência cometida pelo Hornestino ao repartir seus bens, interrompi um pouco a leitura, dei uma pausa.

Tomei um gole d'água.

Folheei cada página a fim de identificar qualquer trecho que pudesse causar alguma desavença, pequena que fosse, entre os familiares.

Não queria ser testemunha, muito menos pivô de brigas entre irmãos por causa das posses.

Ao virar a próxima folha, qual foi a minha surpresa:

Não havia nenhuma recomendação, doação, descrições de bens móveis ou imóveis a serem repartidos.

Examinei as duas folhas seguintes...

Nada.

Manuseei mais cinco páginas subsequentes...

Vazias.

Na última página, uma recomendação final:

Apressem-se em escrever e narrar suas histórias.

Para esse fim, ofereço as páginas em branco.

O que querem fazer com a única coisa que lhes pertence?

O tempo.

Apenas uma certeza nos iguala, inexoravelmente:

"Do pó vieste e ao pó retornarás"

(Gênesis, 3: 19).

Não voltei a ler o documento.

Entreguei a certidão ao filho mais velho.

Deixei que cada um constatasse, por si mesmo, a herança que o pai havia lhes deixado.

Não fiquei para ver a reação.

Voltei ao hospital.

Já não era o mesmo, depois desses acontecimentos.

O Tratado de Bostologia

Hoje, cheguei em casa mais uma vez desanimado.

Está difícil cumprir a última promessa feita ao Hornestino de divulgar seu Tratado de Bostologia.

Após receber a recusa da décima quinta editora, resolvi dar um tempo, esperar passar a fase obscurantista que o mundo está atravessando.

Todas, desde as mais famosas até aquelas de pouca abrangência no mercado editorial, argumentaram que o projeto de publicação traria muitos riscos.

Devido aos temas abordados no livro — merda, cu, mijo, caralho, prazer, tesão, orgasmo, bunda, vagina e outras partes pudendas —, temiam sofrer atentados incendiários e explosivos de grupos ultraconservadores aos seus escritórios, parques gráficos, bibliotecas, bancas de revistas, feiras e livrarias.

— Desisto, por enquanto.

Hornestino, por ver as coisas em outra esfera e de uma maneira mais isenta, haverá de compreender meus motivos.

Tenho certeza que reconhecerá todo o meu esforço em divulgar sua máxima:

"Para se sentir vivo, íntegro e realizado nesse mundo, nada melhor do que uma boa e inesperada cagada."

Saudade

Não sei por qual motivo Fernanda passeou feito uma sombra pelo meu sobrado.

Acho que deixei, descuidadosamente, a porta dos fundos entreaberta.

Por um desleixo do meu esquecimento, ou, então, por conta de um ardil do destino que teima em reencontrar nossas vidas tão separadas, ela voltou a frequentar os porões dos meus sentimentos.

Somente hoje, após ter vivenciado os fatos que acabei de narrar, sou capaz de compreender, como os meninos de Melgaço, o sentido léxico e afetivo da expressão saudade.

— "*Quando a lembrança com você for morar e bem baixinho, de saudade, você chorar, vai lembrar que um dia existiu um alguém que só carinho pediu, e você fez questão de não dar, fez questão de negar...*".

Ah! Quem escreverá a história do que poderia ter sido?
Será essa, se alguém escrever,
A verdadeira história da humanidade.

(Álvaro de Campos – Ficções do Interlúdio)

Dedico o livro aos amigos
Irineu Maia,
Alaor,
Saulo,
Romildo Sant'Anna e
Reinaldo Volpato:
grandes contadores de causos.
À minha família ampliada, por quem eu vivo e pertenço.